大洋洲 澳大利亚 新西兰

非　洲 南非 津巴布韦

亚　洲 阿联酋 约旦 以色列 印度 新加坡 马来西亚 泰国 柬埔寨 越南 日本

大洋洲 非洲 亚洲纵横游

Dayangzhou Feizhou Yazhou Zonghengyou

莫芳灿 ◎ 编著

全国百佳图书出版单位
时代出版传媒股份有限公司
安徽人民出版社

图书在版编目(CIP)数据

大洋洲　非洲　亚洲纵横游 / 莫芳灿 编著—合肥：安徽人民出版社,2014.5
ISBN 978-7-212-07427-2

Ⅰ.①大… Ⅱ.①莫… Ⅲ.①游记-作品集-中国-当代 Ⅳ.①I267.4

中国版本图书馆CIP数据核字(2014)第115141号

大洋洲　非洲　亚洲纵横游
莫芳灿　编著

出 版 人：胡正义
责任编辑：王玉法　　　　　　装帧设计：钱志刚　王玉法

出版发行：时代出版传媒股份有限公司　http://www.press-mart.com
　　　　　安徽人民出版社 http://www.ahpeople.com
　　　　　合肥市政务文化新区翡翠路1118号出版传媒广场八楼
　　　　　邮编：230071
　　　　　营销部电话：0551-63533258　0551-63533292（传真）
印　　制：合肥锦华印务有限公司
　　　　　（如发现印装质量问题，影响阅读，请与印刷厂商联系调换）

开本：787×1092　1/16　　　印张：11.25　　　字数：260千
版次：2014年6月第1版　2014年6月第1次印刷

标准书号：ISBN 978-7-212-07427-2　　　　　　定价：36.00元

温馨提示

本书在编排过程中，参考了有关网站的文字资料和图片。我社将按照《中华人民共和国著作权法》相关规定支付稿酬。
联系方式：0551-63533228

FOREWORD

◎悉尼歌剧院

　　这本《大洋洲 非洲 亚洲纵横游》，是《欧洲纵横游》与《美洲纵横游》之后的第三部旅游指南。前两本书陆续出版发行后，深受热心读者的喜爱与赞赏，作者对此深表谢意，并把它作为编写这本书的动力！

　　为与读者分享旅游带来的愉悦，本人把在澳大利亚、新西兰（大洋洲），南非、津巴布韦（非洲），阿联酋、约旦、以色列、印度、新加坡、马来西亚、泰国、柬埔寨、越南、日本（亚洲）等14个国家的历次旅程中，收集的资料，结合所见所闻和感受，以图文并茂的形式编著成此书，与《欧洲纵横游》《美洲纵横游》构成的所谓"环球纵横游"的三部曲！希望这本书，能对曾经去过上述国家的旅游者起到"温故而知新"的效果，而对那些即将去这些国家旅游的游客起到一定的"引导"或"概览"作用；同时，本书还对旅游院校的师生、旅游从业人员以及对建筑艺术感兴趣的人士，都有一定的参考作用。

　　在此，对向我提供资料、图片的Wikipedia(维基百科)、DK、APA、Thomas Cook等公司（出版社）及作者，P & D Travel Agency(欧之旅)及团友，夫人雷丹青、亲朋好友给予的大力支持与帮助，表示衷心的感谢！

　　由于本人知识水平有限，书中错误之处在所难免，敬请诸位赐教！

莫芳灿

2013年5月于美国旧金山

目　录

大洋洲　非洲　亚洲纵横游

大洋洲

澳大利亚 /002　　　新西兰 /020

非　洲

南非 /038　　　津巴布韦 /052

亚　洲

阿联酋 /056　　　约旦 /065
以色列 /078　　　印度 /092
新加坡 /114　　　马来西亚 /120
泰国 /132　　　　柬埔寨 /140
越南 /146　　　　日本 /160

大洋洲

澳大利亚

澳大利亚联邦(The Commonwealth of Australia),简称澳大利亚。欧洲人在17世纪初叶,发现这块大陆时,以为它是一块直通南极的大陆,故取名"澳大利亚",它的英文名(Australia),由拉丁文 terra australis(南方的土地)变化而来。

澳大利亚位于太平洋南部,由澳大利亚大陆和塔斯马尼亚(Tasmania)等岛屿组成,面积7692024平方千米,居世界第6位。澳大利亚四面临海,东濒太平洋,西临印度洋,东南隔塔斯曼海(Tasman Sea)与新西兰相望,北部隔海与东帝汶、印度尼西亚、巴布亚新几内亚相望。在澳大利亚东部沿海,有世界最大的珊瑚礁群岛——大堡礁(Great Barrier Reef)。

澳大利亚是一个多民族的移民国家,2006年总人口2074.99万。

澳大利亚70%的国土,属干旱或半干旱地带。中部大部分地区不适合居住。澳大利亚有11个大沙漠,约占国土总面积的20%。中部的艾尔湖(Lake Eye)是澳大利亚最低点,湖面低于海

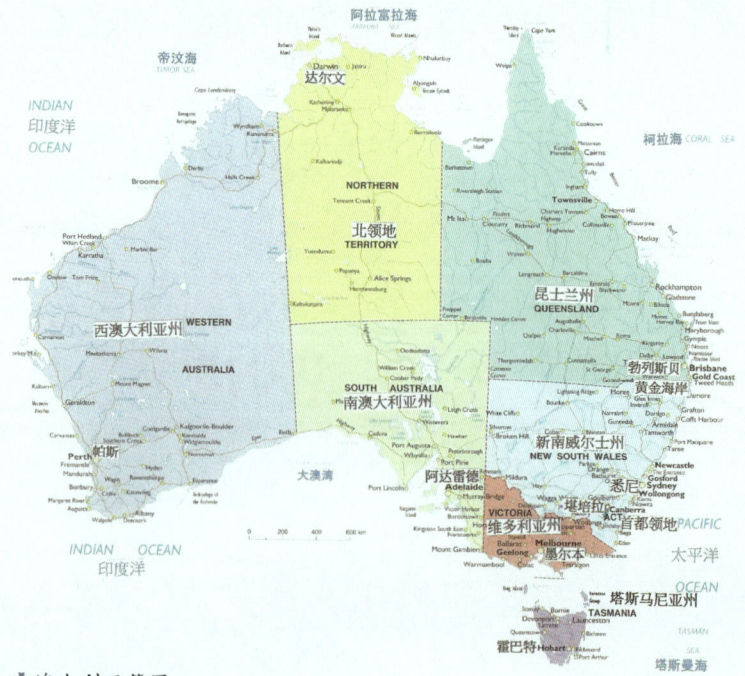

✻ 澳大利亚简图

大洋洲 非洲 亚洲纵横游

平面 15 米。东南沿海地带,形成了一条环绕大陆的"绿带",这里丘陵起伏,水源丰富,土地肥沃,适宜居住与耕种。

澳大利亚有 6 个州 (state):新南威尔士 (New South Wales) 州 (州府悉尼 (Sydney))、昆士兰(Queensland)州(州府布里斯班(Brisbane))、南澳大利亚(South Australia) 州 (州府阿德莱德 (Adelaide)、维多利亚 (Victoria) 州 (州府墨尔本 (Melbourne))、西澳大利亚(Western Australia)州(州府珀斯(Perth))、塔斯马尼亚(Tasmania)州(州府霍巴特(Hobart)),两个领地:北领地(Northern Territory)、首都领地(Australian Capital Territory,简写 ACT)。澳大利亚首都在堪培拉(Canberra)。

悉尼
Sydney

悉尼是澳大利亚第一大城市,人口 412 万。在澳大利亚,它是一个人口稠密的城市。悉尼是新南威尔士州(NSW)的首府。

悉尼位于澳大利亚东南部的海岸上。该市环绕杰克逊港湾(Port Jackson)而建,因此,该市又称为"海港城市"(The Harbour City)。悉尼还是澳大利亚最大的金融城。

❀ 悉尼海港

>>003<<

地产、商业、服务业、制造业、旅游业、传媒、医疗和社区服务业都在澳大利亚居于领先地位。

悉尼海港

悉尼是世界重要的旅游目的地,以著名的海滩和两个地标性建筑:悉尼歌剧院(Sydney Opera House)和海港大桥(Harbour Bridge)而闻名世界。2000年夏季奥林匹克运动会(Summer Olympics)和2003年橄榄球世界杯(Rugby World Cup)都在此举行。

悉尼是世界上最具多元文化色彩的城市之一,也是澳大利亚消费水平最高的城市。

悉尼气候

悉尼夏天温暖,冬天暖和,雨量充沛。该市最暖和的月份是1月,平均温度在18.6℃~25.8℃之间;最冷的月份是7月,平均温度为8.0℃~16.2℃。年平均降雨量为1217毫米,每年平均有138天下雨。

悉尼节日

悉尼拥有许多不同的节日。悉尼节(Sydney Festival)是澳大利亚最大节日。另外,悉尼电影节(Sydney Film Festival)也久负盛名。

邦迪海滩(Bondi Beach)

邦迪海滩以美丽的沙滩和冲浪运动而闻名。它是一个现代化、时髦、大众化的海边度假村。在邦迪,有很多咖啡馆、餐馆都面向沙滩,是游客观赏美景的好地方。在沙滩后面,则是吸引人眼球的公园,在那里,人们可以休憩、娱乐、运动,或徒步行走。

每年世界各地的游客都喜欢到邦迪海滩旅游观光。

大洋洲 非洲 亚洲纵横游

①悉尼海港大桥
②海港大桥夜景
③从游轮上拍摄的海港大桥及悉尼歌剧院

悉尼海港大桥（Sydney Harbour Bridge）

  1932年建成的悉尼海港大桥，曾被认为是经济和工程上的奇迹。这是座单跨度拱形大桥，悉尼人风趣地称它是一个放置在一个人的两边肩膀上的一个"大衣架"！

  大桥的设计深受美国纽约地狱门（Hell Gate）大桥的影响。大桥全长（包括引桥）1149米，从海面到桥面高59米，从海面到桥顶高134米。桥面宽49米，可通行各种车辆，中间铺设双轨铁路，两侧人行道各宽3米。它是世界上最宽的长跨度的大桥。

  海港大桥最大特点是单孔拱形，拱架跨度503米，支撑着整个桥面的重量。大桥的钢架，搭在两个巨大的钢筋水泥混凝土的桥墩上，桥墩深埋地下。在两个桥墩上各建一座塔门（pylon），塔门高95米，用花岗岩建造。水泥混凝土用量9.5万立方米，用油漆27.2万升。在20世纪30年代能在大海上凌空架桥，难度之大，实为罕见！

  现在，每天通过海港大桥的车辆都在15万辆以上，大桥上来往的车辆，就好像一排排列队爬行的"蚂蚁"一样，十分壮观。

  海港大桥北端弯成一个大弧形，连接北上的高速公路，南端直通悉尼市区。入夜,大桥钢架上万盏灯火,远远望去,五彩缤纷,璀璨夺目,甚为迷人!

悉尼歌剧院(Sydney Opera House)

悉尼歌剧院位于悉尼市的贝奈龙广场(Bennelong Pt),整个建筑占地1.84公顷,南北长183米、宽118米、高67米。其外形由三组巨大的"贝壳"所组成,这些"贝壳"依次排列,前三个一个盖着一个,好像是两组打开盖倒放的蚌壳。高低错落的尖顶壳,外层用白格子釉瓷铺盖,在阳光照耀下,远远望去,既像竖立的贝壳,又像两艘巨型的白色帆船航行在蔚蓝色的海面上,故有"帆船剧院"之称。

整个歌剧院分为三部分:歌剧厅(The Opera Theatre)、音乐厅(Concert Hall)和小剧场(The Playhouse)、贝奈龙(Bennelong)餐厅。

歌剧厅在歌剧院的东侧,座位1507个,主要用于歌剧、芭蕾舞和舞蹈表演。歌剧厅内部陈设新颖华丽。墙壁用暗光的夹板镶成,座椅披上红色光滑的皮套。据称,采用这样的设计,演出时可以有饱满的音响效果。舞台面积440平方米,能转动和升降,配有两幅法国制作的华丽幕布,其中一幅的图案用红、黄、粉红色构成,犹如晨光,普照大地,故称"日幕";另一幅的图案用深蓝色、绿色、棕色组成,好像一弯钩月隐挂云端,故称"月幕"。

①	②
③	④

①悉尼歌剧院东面
②悉尼歌剧院西面
③悉尼歌剧院南面
④悉尼歌剧院北面

音乐厅和小剧场位于悉尼歌剧院西侧。音乐厅有座位2690个，用于举办交响乐、室内乐、歌剧、舞蹈、合唱、流行乐、爵士乐等多种演出活动。音乐厅最突出之处是在音乐厅正前方有一台由澳大利亚艺术家罗纳德·萨尔帕（Ronald Sharp）设计建造的大管风琴（Grand Organ），这台号称世界上最大的机械式木连杆风琴（Mechanical tracker action organ），由10500个风管组成。小剧场有座位398个，是用于音乐会、跳舞表演理想场所。

在音乐厅和小剧场的南面，由两块倾斜的"贝壳"组成的贝奈龙（Bennelong）餐厅，规模较小，但它是悉尼市大型的公共餐厅，每天晚上能接待6000人以上用餐。

悉尼塔（Sydney Tower）

悉尼塔是一座南半球最高的遥望台，1981年建成。它与海港大桥、悉尼歌剧院一起被称为悉尼三大地标性建筑。现在，每年大约有100万人来此饱览悉尼塔周围的风光。在观赏平台（Observation Level），可以眺望北面的水洼（Pittwater）、植物湾（Botany Bay），南面和西面的蓝色山脉（Blue Mountains），以及从港湾至外海的美景。

悉尼塔高305米，其中塔尖高30

❋悉尼歌剧院西南的人海

❋悉尼歌剧院夜景

❋悉尼塔

❋ 由观赏平台拍摄的悉尼市北面风光

米，塔尖下方是一个大水塔(The Water Tank)，水塔容积162立方米。水塔下面则是高出地面250米的瞭望台，可容纳1000人观光，由两个旋转餐厅、一个咖啡厅和一个观赏平台组成。观光者乘电梯只需40秒便可从地面登上瞭望台。

邮政总局(General Post Office，简称GPO)

邮政总局位于乔什街（George Street）和马丁街（Martin Place）的交会处，具有文艺复兴时期的建筑风格。

维多利亚皇后大楼(Queen Victoria Building)

这座被称为世界上"最漂亮的购物中心"的大楼，具有罗马式建筑风格，其显著特点就是红铜大拱顶和玻璃屋顶。

❋ 邮政总局大楼

①	②
	③

① 维多利亚皇后大楼
② 维多利亚皇后大楼正大门
③ 大楼正大门顶上的雕塑像群

市政厅(Town Hall)

市政厅门厅是一个装有彩色玻璃和水晶吊灯的大会客厅。市政厅的100周年纪念厅(Centennial Hall)内有——8500多根风管的巨型风琴(Grand Organ)。

现在,市政厅被称为是悉尼最好的建筑,已成为举办音乐会的理想场所。

❋ 带有钟楼的市政厅

中国城(Chinatown)

早期的中国城位于德松街(Dixon Street)和海尔街(Hay Street),现今的中国城,已经扩展到海马克(Haymarket)整个地区,并且还在进一步延伸。中国城靠近悉尼娱乐中心(Sydney Entertainment Centre)。

多年前,中国城曾是悉尼的一个陈旧小区,许多中国移民在此工作、生活。如今的中国城街道整齐清洁,街道上张灯结彩,有众多的牌楼和拱道。在这些拱顶走道中,珠宝首饰店、服装店、工艺品商店一字排列,宾客摩肩接踵。

❋ 悉尼中国城入口牌楼

中国友谊花园(Chinese Garden of Friendship)

著名的中国友谊花园位于海港街(Harbour St.)西面、码头街(Pier St.)之北,于1984年建成。这座花园是中国广东省赠送给悉尼市的礼物。花园有一条上釉的"双龙戏珠"的雕塑龙墙(Dragon Wall),其中一条代表广东省,另一条代表新南威尔士州。在龙墙的中心有一颗由波浪托起的雕塑大珠,象征着繁荣昌盛。

海德公园(Hyde Park)

海德公园都用栅栏围绕着。这里曾是驻军的练兵场,后来成为跑马场和板球的运动场。这里是喧闹城市中心的一个寂静的乐园。

海德公园有一座高30米的安扎克纪念碑(Art Deco Anzac Memorial)。纪念碑是为国捐躯的人民而建立的。在纪念碑的下面则是安扎克战争纪念馆。

桑德灵厄姆花园(Sandringham Garden)到处都是紫红色花卉,是一座纪念乔治五世皇帝(King George V)和乔治六世(King George VI)的纪念花园。

用青铜及花岗岩石制成的亚奇伯德喷泉(Archibald Fountain)是为了纪念澳大利亚在一战时与法结盟,共同抗击德意等国侵略者而建。

埃姆登炮(Emden Gun)位于在学院街(College Street)与利物浦街(Liverpool Street)的街角处。

市内商业及交通

悉尼是澳大利亚的商业首府。商店、银行、宾馆、公司总部云集于此,大街上行人如潮,车水马龙,热闹非凡!

交通方面最大特点是既有公共汽车、城铁(CityRail)、地铁、轻轨(Metro Light Rail,简称MLR),又有架空单向行驶的单钢轨电车(monorail),构成了地面、地下和架空的"立体交通网"!这在当今世界大城市中是罕见的。

❈ 曼特拉宾馆

❈ 繁忙的乔治大街

❈ 乔治大街汇丰银行大门口

大洋洲 非洲 亚洲纵横游

✱ 海岛上丹尼逊城堡

✱ 由塔龙格动物园向南拍摄的悉尼风光

✱ 鲨鱼岛码头

✱ 韦特逊斯湾公园一角

✱ 八角凉亭

✱ 悉尼港巡游路线简图

悉尼港巡游(Sydney Harbour Explorer)

悉尼港巡游有多条巡游线路,任你选择。笔者巡游悉尼港就选择了从循环码头(Circular Quay)出发,经过丹尼逊古堡(Fort Denison)、塔龙格动物园(Taronga Zoo)、鲨鱼岛(Shark Island),最后到达韦特逊斯湾(Watsons Bay)的线路。

丹尼逊古堡(Fort Denison)建在悉尼港露出水面的岩石上。现今,可在古堡上观赏新年节日烟花等。

塔龙格动物园(Taronga Zoo)里有许多令人惊奇的野生动物,比如,澳大利亚本土仅有的栖息在树上的树熊(koalas)和个小的水生哺乳动物鸭嘴兽(platypus)。

鲨鱼岛(Shark Island)国家公园是休闲、野营和野餐的理想之地,也是日光浴、游泳、跳水和冲浪的理想去处。

韦特逊斯湾(Watsons Bay)拥有海洋公园和美丽的游泳海滩,还有著名的杜尔列斯(Doyles)海鲜餐馆。海洋公园内,绿草如茵。

墨尔本
Melbourne

墨尔本是澳大利亚第二大城市，人口374万（2006年），位于澳大利亚东南部。墨尔本是维多利亚州的州府所在地。

现今的墨尔本，建筑仍然保持着维多利亚时期的建筑风格。第二次世界大战后，大量的南欧移民，特别是意大利人和希腊人不断拥到这里定居。墨尔本是澳大利亚的体育、艺术和文化的首府，享有"时髦之都"的美誉。这种新与旧、保守与多姿多彩的不协调性，使墨尔本成为一个令游客着迷的地方。

❋墨尔本海港风光

❋墨尔本海港风光

市政厅(Melbourne Town Hall)

位于斯旺斯顿街(Swanston Street)与柯林斯街(Collins Street)的交会处,于1870年建成。

圣保罗大教堂(St Paul's Cathedral)

位于斯旺斯顿街(Swanston Street)与弗林德斯街(Flinders Street)的交会处。

❋墨尔本市政厅　　❋圣保罗大教堂

丽爱图塔观景台(Rialto Towers Observation Deck)

位于柯林斯街525号(525 Collins St.),它是南半球最高建筑,地面共有58层,高253米,地下有8层。

现在,这座大楼每天有1500名观光者前来观赏周围美丽的风光。

❋丽爱图高楼观赏台

弗林德斯街火车站
(Flinders Street Station)

位于弗林德斯街(Flinders Street)与斯旺斯顿街(Swanston Street)的交会处,是墨尔本中心火车站。

自从建市以来,弗林德斯街就是公共交通枢纽的一部分。

联合广场(Federation Square)

广场位于弗林德斯街(Flinders St.)与斯旺斯顿街(Swanston St.)的交会处,是墨尔本最新的公众活动场所,2002年10月建成。这里每年举办2000场活动。广场有许多引人注目的亮点:

伊恩·波特中心(The Ian Potter)是澳大利亚维多利亚国家美术馆(NGV)。在广场附近,有一座澳大利亚活动图像中心(Australian Centre for the Moving Image—ACMI),中心有两座电影院和美术馆,还有国家设计中心(National Design Centre)。这些都很值得游客观赏。

联合广场还有两个信息中心:墨尔本观光者中心(Melbourne Visitor Centre)和墨尔本运动中心(Melbourne Mobility Centre)。

❋弗林德斯街火车站外景

❋弗林德斯火车站来往人流

❋观光者中心

❋联合广场前厅的现代化建筑艺术

中国城(Chinatown)

墨尔本中国城位于小伯克街(Little Bourke St.)与罗素街(Russell St.)的交会处。

✹中国城的牌楼

✹中国城一角

维多利亚皇后市场(Queen Victoria Market)

位于维多利亚街(Victoria Street)和卑利街(Peel Street)交会的街角处。

维多利亚皇后市场是墨尔本主要的新鲜蔬菜、水果、鲜鱼、肉类的市场,历史悠久,久负盛名。

今天,它已发展成为一座大型综合性市场,占地7公顷。高高的圆顶和露天的栅栏,装饰华丽,引人注目。星期日,这里变成了"跳蚤市场"(flea market)。

皇家植物花园(The Royal Botanic Gardens)

位于亚历山大大街(Alexandra Ave.)与安德森街(Anderson Street)的交会处。这里原是墨尔本市郊的沼泽地,占地35.4公顷,有花卉植物6万棵(株),拥有各种世界上最精致的花卉,是世界上最受人喜爱的花园之一。

墨尔本板球场(Melbourne Cricket Ground,简称MCG)

位于布鲁顿大道(Brunton Ave.)北面,是澳大利亚主要体育场馆,也是世界最大的体育场馆之一。

现今,MCG有10万多个座位。MCG还有一个板球博物馆(Cricket Museum),博物馆于2006年重新对外开放。

维多利亚国家美术馆(The National Gallery of Victoria)

该美术馆是澳大利亚第一座公共艺术美术馆,1861年对外开放。美术馆拥有澳

大利亚范围最广、数量最多的艺术收藏品。最有意义的藏品是 1904 年墨尔本企业家阿尔费雷德·费尔顿(Alfrad Felton)所捐赠的艺术品。当代澳大利亚的艺术品,美术馆也有收藏。

菲利浦岛(Phillip Island)

菲利浦岛位于墨尔本的东南面。这里的企鹅,身高只有 33 厘米。岛上的企鹅游行(penguin parade)是一种令人惊奇的自然奇观,也是维多利亚州最吸引游客观光的景观。

在菲利浦岛西端的悬崖峭壁外有几个礁石(seal rocks),这里是澳大利亚最大的海豹聚居

❈观赏企鹅游行的看台

地,估计有 7000 只海豹在此居住,在岩石上晒太阳,或喂养它们幼小的海豹。菲利浦还是澳大利亚独有的树熊(koala)的聚居地。

塔斯马尼亚州
Tasmania

早在 35000 年前,就有塔斯马尼亚人居住在这里。当时,该州与澳大利亚大陆是连在一起的,但在 12000 年前的冰河末期,由于海水上涨而形成了巴士海峡(Bass Strait),于是与大陆分离。1642 年,荷兰探险家阿贝尔·塔斯曼(Abel Tasman)登上该岛。

塔斯马尼亚州虽然面积狭小,但它有着绚丽的风光:巨大的冰川、茂密的森林、起伏的山峦。这里拥有南半球仅有的三大温带森林之一,拥有许多的植物和独有的动物,如凶猛的袋獾(Tasmania Devils)。

霍巴特是塔斯马尼亚州的州府,是澳大利亚最古老的城市之一。今天,塔斯马尼亚州是野生动物爱好者、徒步旅行者和捕鱼人的乐园。

霍巴特(Hobart)

霍巴特是一座安静的小城,地理位置优越,横跨德文特河(Derwent River)两岸,雄伟的威灵顿山(Mount Wellington)环绕其后。从这里出发,可以探索塔斯马尼亚州优美宁静的大自然,那里有超过100个以上的国家公园、历史古迹和野生动物保护区。

❉德文特河上的码头

海岬炮台(Battery Point)

❉霍巴特海港风光

炮台位于基里街(Kelly Street),居高临下,俯视着德文特河(Derwent River),战略地位十分重要。1818年,在悬崖峭壁上安装了一组火炮,以防敌人入侵,因此,这里以"海岬炮台"命名。

这里有一座1818年建成的防卫屋,位于阔叶公园之中。在炮台附近有许多古董店、美术店、画廊、茶室和餐厅。

❉具有历史意义的海岬炮台所在的海港区

塔斯马尼亚博物馆和美术馆(Tasmania Museum and Art Gallery)

这座1863年建成的大厦,由该市最著名的建筑师亨利·汉特尔(Henry Hunter)设计。博物馆和美术馆拥有很多图片与油画的精致收藏品、土著手工艺品和植物性药材的展品。

塔斯马尼亚海事博物馆(Maritime Museum of Tasmania)

海事博物馆拥有许多描述塔斯马尼亚的照片、油画、模型、遗物等收藏品。

波诺朗野生动物园(Bonorong Wildlife Park)

动物园占地6公顷,拥有澳大利亚三种特有的动物,很值得观赏,袋鼠(kangaroo)、树熊(koala)和鸸鹋(emu)是镇园之宝。

袋鼠是澳大利亚特有的物种。树熊,又译为考拉,或称为无尾熊,喜爱栖息在树上,长约0.6米,以桉树叶为食。

鸸鹋是澳大利亚一种跑得很快的鸟类,但比鸵鸟(ostrich)小,不能展开翅膀,也不会飞。

此外,在该公园内,还有塔斯马尼亚州独有的袋獾(Tasmania Devils)、花鸭、孔雀等飞禽走兽……

❋雌性大袋鼠

❋鸸鹋

❋袋獾

❋树熊在甜睡!

❋孔雀

❋花鸭

① ②｜③
① 酒庄主人在尝酒大厅促销
② 酒庄牧场羊群一角
③ 酒庄及葡萄园的美景

家庭式乡间酒庄(Home Hill Wines)

到塔斯马尼亚州旅游,游客不可错过下榻家庭式乡间酒庄。那蓝天白云下远近山峦,茂密的树林,井井有条翠绿的葡萄架群,绿草如茵的大草坪围绕着美丽的酒庄,真是美不胜收。

大洋洲

新西兰

✽新西兰

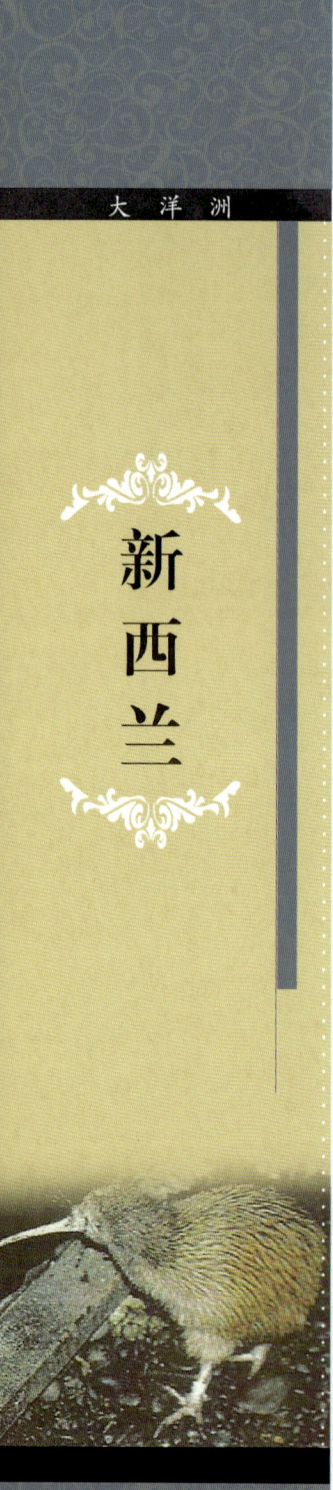

新西兰位于太平洋西南部，是个岛屿国家，西隔塔斯曼海(Tasman Sea)与澳大利亚(Australia)相望，面积 268680 平方公里，南北长 1600 公里，东西最宽处 450 公里。新西兰两大岛屿：北岛(North Island)与南岛(South Island)，被库克海峡(Cook Strait)所隔；北岛与斐济(Fiji)和汤加(Tonga)隔海相望，南岛与南极洲(Antarctic)相望。

新西兰人口 439 万(2010 年)，北岛人口 310 万，南岛人口 100 万。新西兰是世界上人口城市化最高的国家之一。

惠灵顿(Wellington)是新西兰首都。惠灵顿、奥克兰(Auckland)和克赖斯特彻奇(Christchurch，又译为基督城)是新西兰人口最多的三个城市。

新西兰海岸线长达 6900 公里，境内多山，山地和丘陵占总面积的 3/4。新西兰属温带海洋性气候，季节与北半球相反，12 月至来年 2 月为夏天，6 月至 8 月为冬天，夏季平均气温 25 ℃，冬季 10 ℃，四季温差不超过 15 ℃，各地年平均降雨量为 400~1200 毫米，很适宜植物生长，天然牧场占国土面积的 1/2。新西兰的水力资源也很丰富，全国 80%的电力为水力发电，因此，它素以"绿色王国"的美誉而著称于世。

新西兰森林资源丰富，覆盖率达 31%，森林面积 810 万公顷，其中 630 万公顷为天然林，180 万公顷为人造林。新西兰的工业经济基础，是以农林牧产品加工为主，其出口量占出口总

量的 50%。羊肉、奶制品和粗羊毛的出口量均居全球首位。主要农作物有小麦、大麦、燕麦、水果等。粮食不能自给,需要从澳大利亚进口。渔业产品丰富,是世界第四大专属经济区,每年捕鱼约 50 万吨。

新西兰旅游业久负盛名。现今,每年有 230 多万的海外游客到新西兰旅游观光,旅游业是新西兰最大的外汇来源之一。

新西兰还是罕见的鸟类天堂,最著名的是不会飞的奇异鸟。

惠灵顿
Wellington

惠灵顿是新西兰首都,位于北岛东南角,人口 35 万。其港湾是世界保护最好、最漂亮的海港之一。惠灵顿沿着海湾蜿蜒弯曲延展,山丘上的房屋,鳞次栉比,极具特色。爱德华式(Edwardian)的建筑和狭窄的街道,许多涂成像彩虹一样的五颜六色的旧木屋,与现代化的摩天大楼形成鲜明对比。风景如画的山丘和电缆车,引起人们把南半球的这座城市,与北半球的美国旧金山作相似的比较:两座城市小山丘都很多,都位于海岸边;都有电缆车;天气都很凉快;阳光充足而明媚。

✽ 晨曦中的惠灵顿港口

由于惠灵顿位于新西兰中部山脉峡谷的通道上,因此,该城还有"风城"(Windy Wellington)之称。

✽ 惠灵顿港湾

国会大厦
(Parliament Buildings)

国会大厦综合大楼，由蜂房（The Beehive）式内阁办公楼、国会大厦和财政部摩天大楼组成。国会大厦之所以闻名于世，是由于以蜂房（Beehive）样式而建的现代派建筑。国会大厦建于20世纪70年代末期，其独特的铜制圆顶、柔和的线条，与附近的大厦的大理石四方棱角，国家图书馆的哥特式角楼形成鲜明的对比。要想观赏这座蜂房式建筑，需提前许多天预约。

✳蜂房式办公大楼与国会大厦
✳国家图书馆

惠灵顿植物园（Wellington Botanic Gardens）

这是一座宁静的植物园,很值得人们观赏。植物园占地26公顷。著名的挪尔沃德女士玫瑰花园（Lady Norwood Rose Garden）有100多种从每年11月至来年4月末盛开的玫瑰花。

✳室内植物与花卉　　✳浇水小孩雕塑像　　✳辛勤的园丁

❋惠灵顿植物园喷水池与白色室内花园

❋玫瑰花

❋仙人掌

❋荷花

惠灵顿电缆车（Wellington Cable Car）

19世纪后期，惠灵顿周围的山丘上还有许多农场，覆盖着矮树林。1898年，这些山丘变成惠灵顿的郊区，当时这些山丘的唯一途径就是马车或步行。为了使这些新郊区与城区交通快捷一些，人们就选择缆车代步。

缆车是惠灵顿一项公共设施，始建于1902年。缆车营运第一年就运送乘客50万，至1912年，每年运送乘客达100万人次。1933年，缆车采用电能代替蒸汽热能驱动。1979年，缆车安装了驱动平衡索缆系统（The Driven Balance Rope System）。

❋基尔本山山顶电缆车车站

❋基尔本山顶上的古代火炮

❋基尔本山顶上毛利人的木雕

乘缆车到山顶天橱(Skyline)餐馆就餐,可眺望惠灵顿及海港壮丽景色。游客在山顶上还可观赏古代火炮和毛利人的木雕等文物、古迹,令人大开眼界!

惠灵顿老圣保罗教堂(Old St. Paul's Cathedral)

老圣保罗教堂位于惠灵顿缪格里街(Mulgrave St.)的山丘上。现在,人们称之为老圣保罗教堂,是为了和新的英国的同名大教堂相区别。教堂建筑材料都采用当地木材。

教堂内的读经台像一只展翅飞翔的黄铜做的老鹰,上面放着圣经,象征着老鹰展翅飞到地球上,把上帝的话语带给世人。

大洋洲 非洲 亚洲纵横游

✻老圣保罗教堂外景一角

✻教堂圣坛内景

✻教堂内彩色玻璃窗

现在教堂里的风琴,是按传统风格制造的,特为这里制造。1979年安装的谐音钟,可透过塔里天花板上的方格看到。

特·帕帕—新西兰博物馆(Te Papa–Museum of New Zealand)

特·帕帕—新西兰博物馆,1998年2月建成,是一座有关艺术、历史、毛利族(Maori)文化和自然环境的国家博物馆,是新西兰最好的博物馆之一。这座博物馆,规模大,内部设计好,展品种类多,展品丰富。馆内有库克船长(Captain Cook)收藏的毛利族手工艺品、纪念品,殖民时期日常生活用品,以及地质和植物标本。该馆位于凯贝尔街(Cable St.)与布莱尔街(Blair St.)交会处。

惠灵顿城市及海洋博物馆(Museum of Wellington City & Sea)

该馆位于海关大楼(Quay)入口附近。博物馆拥有许多具有纪念意义的海事藏品。

卡切连·孟施费尔德故居(Katherine Mansfield's Birthplace)

卡切连·孟施费尔德是新西兰杰出的作家,她创作的短篇小说享誉世界。1888年,她在田阿柯里路25号(25 Tinakori Rd.)出生。她的故居是两层房屋,装修漂亮,具有维多利亚式(Victorian)花园的建筑风格。

殖民地别墅博物馆(Colonial Cottage Museum)

殖民地别墅博物馆位于奈尔恩街68号(68 Nairn St.),它是惠灵顿众多古老的殖民地别墅之一。

奥克兰
Auckland

奥克兰大都会位于新西兰北岛,是新西兰最大城市,面积1016平方千米,人口约140万。

奥克兰气候温暖,夏天潮湿,冬天暖和湿润,新西兰最暖和的地方,阳光充足,每年平均日照2170小时。

奥克兰港口(Auckland Harbour)

奥克兰四周被海洋和火山所环抱。奥克兰有美丽的港口和壮观的大桥。著名的海港大桥连接奥克兰最繁忙的港口——威特玛塔港南北两岸,桥全长1020米。大桥与停泊在奥克兰船艇俱乐部的桅杆,组成了一幅非常美丽壮观的画面。

❋奥克兰鸟瞰图

帆船之都(The City of Sails)

奥克兰是世界上拥有私人船只最多的城市,有"帆船之都"的美称,每年吸引世界各地的帆船爱好者前来观光。

市区主要景点

坚固的红砖码头大楼(Ferry Building)位于皇后街(Queen Street)与魁伊街(Quay Street)交会处,是休闲漫游的好去处。由码头大楼往右,只需3分钟就可到达新西兰航海海事博物馆(Voyager New Zealand Maritime Museum)。该馆位于怀特港(Viaduct Harbour)内。在阿贝特街(Albert Street)与海关街(Customs Street)的街角处,是旧海关大楼(Old Customhouse),它曾是奥克兰金融中心。这座大楼,采用法国文艺复兴(French Renaissance)时期风格建造。皇后街(Queen Street)中段,素有"黄金地带"(Golden Mile)的美誉,这里餐馆、咖啡店、商店、大公司林立,车水马龙,人潮如涌。天空塔(Sky tower)位于哈勃逊街(Hobson Street),是南半球最高的建筑物,观光者可乘高速电梯到塔顶。该城的绮丽风光,尽收眼底。

从天空塔下到地面,向南走约400米,就到皇后街的阿奥提亚广场(Aotea Square),这里耸立着奥克兰市议会行政大楼(Auckland City Council)、阿奥提亚中心(Aotea Centre)。在威利斯里街(Wellesley Street)与皇后街(Queen Street)的交会处,有一座城市剧院(Civic Theatre)。在威利斯里街与莱尼街(Lorne Street)交会处之东,是奥克兰·台·塔玛基·美术馆(Auckland Toi o Tamaki Art Gallery)。在王子街(Princes Street)与滑铁卢·昆德朗(Waterloo Quadrant)交会处,有一座旧政府大楼(Old Government House)。在王

※奥克兰天空塔

子街中段东侧,矗立着一座钟塔的是旧艺术大楼(Old Arts Building),这是座哥特(Gothic)式建筑。

火山带之乡

奥克兰的另一个特点是火山很多,交叉分布,有"火山带之乡"的别名。

这里最著名的火山有三座:伊甸山(Mount Eden)、独树山(One Tree Hill)和兰吉吐吐(Rangitoto)山。后者是一座暂停活动的海洋火山,在兰吉吐吐岛(Rangitoto Island)上。从魁伊街(Quay Street)码头,乘船很容易到达。这座火山在夏天红花烂漫盛开时,风景特美。

陶朗阿(Tauranga) 普伦蒂湾(Bay of Plenty)

陶朗阿是新西兰北岛普伦蒂湾(Bay of Plenty)最大的城市,也是新西兰第9大城市,位于普伦蒂湾的西部。

❋陶朗阿内港口风光

❋停泊在陶朗阿码头的豪华游轮

大洋洲 非洲 亚洲纵横游

陶朗阿的气候温暖、干燥,是退休人士喜爱之地。每年夏天,这里的人口迅速增加。

市内观光景点

罗宾斯公园(Robins Park)是一座很漂亮的公园,它的玫瑰花园和温室都很值得观赏。

曼茂夫阵地(Monmounth Redoubt)。这里是毛利族人战争期间的设防之地。

艾姆斯使团住宅（The Elms Mission Station House）。这座房屋具有现代装饰风格。这里还有其他几座花园和历史性建筑。

✿小型游客观光车在巡游

附近地区

曼格纽尔山(Mount Maunganui)。步行上山,攀登上毛车里吉岛(Moturiki Island)的岩石,可欣赏美丽的风光。

洛托劳亚(Rotorua)。这里因度假村而闻名,也以地热(热喷泉、温泉和泥浆)和毛利(Maori)文化而闻名。

玛达卡纳岛(Matakana Island)是陶朗阿的避风港。这个长条状的岛屿,是一片安静的城郊。该岛的东面,有24公里长洁白的沙滩,很适宜冲浪和钓鱼等运动。

✿游客采摘奇异果

奇异果果园(Kiwi Fruit Orchards)

奇异果,又称猕猴桃,是新西兰出产的闻名水果,它甚至被制成果酱和奇异酒,远销海内外。这些果园,离陶朗阿市约36千米。在果园内,可尽情参观和购物。果园综合处还有儿童主题公园。

✿果园内奇异果的巨型标志

火山白岛
(Volcanic White Island)

❋火山白岛

火山白岛位于新西兰北岛东海岸48千米普伦蒂湾内,它是橄榄(Olive)岛链中四个岛屿之一。最东面的大陆就是怀卡托(Whakatane)和陶朗阿(Tauranga)。火山白岛是一座直径约2千米、海拔321米的岛屿。

火山白岛位于两座重叠的火山的顶部,是新西兰最活跃的火山之一。

火山白岛简称白岛(White Island),是1769年10月1日库克船长(Captain Cook)对它的称呼,因为它总是喷出浓浓的白色水蒸气。

白岛周围水域,是著名的钓鱼场所。这里冬天出产蓝鼻深水鱼,夏天出产金枪鱼等。

怀托莫萤火虫山洞群(Waitomo Glowworm Caves)

在帝皇地区(King Country)北部,有一个怀托莫(Waitomo)小村庄,它以拥有萤火虫山洞(Glowworm Cave)、鲁阿库里山洞(Ruakuri Cave)、阿拉扭伊山洞(Aranui Cave)闻名于世,总长约50千米。现在,这三个山洞都对公众开放。

怀托莫萤火虫山洞内的美景,令人流连忘返。在这个山洞内,有一条地下河,游客只能从洞口,通过木板道,步行走下14米高的台阶,乘坐小艇,仰观洞穴内成千上万只熠熠闪亮的萤火虫,像夏夜星空"繁星点点"般壮观,令人惊叹不已!

这种举世无双的萤火虫,外形像蜘蛛。它们为了生存,需要有一个特殊的栖息地:湿气要大,不能过分干燥;有屏障的表面,让其附着并垂挂其黏稠如蜘蛛丝般的捕食线;平静无风的大气,以防这些"丝线"相互缠绕;幽暗的环境,让其发出的亮光吸引食物。怀托莫的萤火虫洞,就提供了一个绝佳的环境,并通过河流带入源源不断的食物!

✲游客乘坐小艇观赏"世界奇观"

✲山洞内的钟乳石

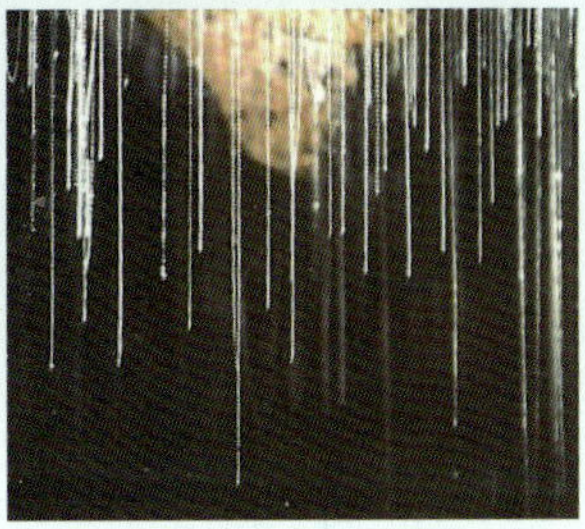

✲萤火虫洞内的"丝线"

克赖斯特彻奇

Christchurch

克赖斯特彻奇(简称"基督城"),是新西兰南岛最大城市,也是新西兰第二大城市。该市位于班克斯半岛的山脚下,被描述为英国境外最英国化的城市。这座富有活力的城市,人口 324300 人,街道整齐清洁,拥有许多新颖的剧院、美术馆。该市西面,在广阔的冲积平原的尽头,是壮丽的南阿尔卑斯山和阿瑟·帕斯国家公园(Arthur's Pass National Park);市北面,在起伏山峦的远处,是韩梅尔(Hanmer)和森林公园;市东南面,是引人入胜的班克斯半岛(Banks Peninsula)。出城不远就是莱特尔顿(Lyttelton)港口。莱特尔顿港湾(Lyttelton Harbour)和死火山的火山口,游客可欣赏壮观的景色。

市内观光景点

坎特伯雷博物馆(Canterbury Museum)位于罗里斯通大街(Rolleston Ave.)植物

园(Botanic Gardens)入口处。博物馆最值得观看的是"早期殖民者展览"和"发现南极"(Antarctic Discovery)。博物馆提供三维空间透视图。

植物园(Botanic Gardens)在哈格里公园(Hagley Park)内,占地30公顷。从英国的草本植物到当地各种植物,亚热带温室植物,以及沙漠的植物,应有尽有。

克赖斯特彻奇艺术中心 (The Arts Centre of Christchurch) 在坎特伯雷大学(University of Canterbury)内,现今这里已经成为新西兰最大的艺术中心。这里拥有一些陶器、珠宝及其他手工艺品,从手工玩具到毛利族人的雕刻品、书店,目不暇接,一应俱全。

罗伯特·麦道格尔艺术美术馆(Robert McDougal Art Gallery)拥有广泛的收藏品。

市郊观光景点

空军博物馆(Air Force Museum)。这里展出的都是新西兰过去多年所用的各种飞机,包括曾服务于南极洲冰天雪地上的飞机、坎贝拉(Canberra)轰炸机、第二次世界大战时的飞机。

国际南极中心(International Antarctic Centre)。中心靠近机场,在果园路(Orchard Road)上。它是新西兰、美国和意大利的南极洲项目的行政机构和仓库的综合大楼的一部分,有很多陈列品。

达尼丁
Dunedin

达尼丁是新西兰南岛第二大城市,人口125000人。达尼丁也是一座熙熙攘攘的大学城,位于长20公里、风景如画的奥塔哥港湾(Otago Harbour)的尽头。达尼丁拥有世界上最陡峭的街道,这一点,在吉尼斯纪录(Guinness Book of Records)中就有记载。面对港湾的奥塔哥半岛(Otago Peninsula),还是邻近主城的稀有野生动物的天堂。其中最著名的,就是珍稀的信天翁鸟(albatross)和黄眼企鹅。查尔梅斯码头

❋达尼丁城市风光一角

(Port Chalmers)游轮的终点站,离达尼丁市中心13公里。

市内观光景点

八角广场(Octagon)位于王子街(Princes Street)和乔治街(George Street)的交会处。广场的参天大树,枝繁叶茂,附近有多座历史建筑物,是人们喜爱的午餐地点。广场西侧,是公共美术馆(Public Art Gallery),馆内收藏着诸多精致的收藏品,比如:范德韦尔登(Van der Velden)、富兰舍斯·赫德琼斯(Frances Hodgkins)、冈斯梯保(Constable)、斋斯波罗葛(Gainsborough)、蒙尼特(Monet)、毕沙劳(Passarro)和里奴德斯(Reynolds)等名家的作品。美术馆北是圣公会圣

❋达尼丁码头待运的货物

❋停泊在达尼丁码头的豪华游轮

❋第一教堂

❋达尼丁火车站

保罗大教堂（St Paul's Anglican Cathedral），教堂40米高的多根哥特式柱子，支撑着教堂中殿，教堂拱顶至今仍是新西兰唯一的石制拱顶。八角广场北面、圣保罗大教堂东北角，则是拥有百年历史的市议院（Municipal Chambers）。市政厅（Town Hall）在市议院后面，拥有2280个座位，曾是新西兰最大的市政厅。市议院用奥玛鲁（Oamaru）石头建成。

第一教堂（First Church）位于摩雷区（Moray Place）。教堂有一个雄伟的塔尖，高54米，直指蓝天。教堂内部，装有人字形的天花板，在讲坛上部饰有玫瑰花窗，很值得人们观赏。

奥塔哥大学（University of Otago）是新西兰最古老的大学，校园拥有很多19世纪建筑和许多引人注目的庭园。

达尼丁火车站（Railway Station）位于城堡街（Castle street）与安扎克大街（Anzac Avenue）交会处，是一座新西兰最精美的石制建筑。设计师乔治·特罗帕（George Troup）为此获得爵士身份，并得到"姜饼乔治（Gingerbread George）"的绰号。该火车站，以佛兰德文艺复兴时期（Flemish Renaissance）风格建成。它有一座

37米高的方形塔、3个巨大的钟面和带遮棚的车道。

奥韦斯顿屋(The Olveston House)有"达尼丁皇冠宝石"之称。这座有35个房间、双层砖石结构的房屋，收藏着许多亚洲装饰艺术品，在其玻璃车库中贮存着各式旧式车辆。

植物园（Botanical Gardens）位于信号山(Signal Hill)，是新西兰最古老的植物园，占地65公顷，植物园杜鹃花溪谷和植物种类多样性，都是世界闻名的。同时，植物园还是新西兰国鸟——奇异(Kiwi)鸟和当地其他鸟类的鸟舍。

巴尔德温街(Baldwin Street)已被列入吉尼斯纪录(Guinness Book of Records)：它是世界上最陡峭的街道，坡道为1∶1.266。

斯派兹酿酒厂(Speights Brewery)位于列特雷街(Rattray Street)200号之西两个街口处，也是斯派兹酿酒厂遗产中心（Speight's Brewery Heritage Centre)所在地。

伊麦臣酿酒厂(Emerson's Brewery)位于格兰吉街(Grange St.)9号。该厂是生产德国优质黑色麦芽啤酒的产地之一。

市郊观光景点

拉纳契城堡(Larnarch Castle)是新西兰唯一一座城堡。这座堂皇的石砌大厦，历时14年才竣工。城堡精雕的天花板、威尼斯(Venetian)玻璃、意大利大理石和精致的石方工程美轮美奂。一位英国工匠与两名印度艺人用了12年时间，才完成了城堡天花板的雕刻工作。城堡内有43个房间和卧室，大部分对外开放。

❈达尼丁火车站的彩色玻璃窗

❈达尼丁植物园一角

❈拉纳契城堡

✽黄眼企鹅

✽信天翁鸟

黄眼企鹅（Yellow Eyed Penguins）是地球上最珍稀的企鹅种类之一。在奥塔哥（Otago）半岛可近距离看到。

信天翁繁殖地（Royal Albatross Colony）位于奥塔哥半岛的泰阿罗阿角（Taiaroa Head），是世界上仅有的两个珍稀物种信天翁繁殖地之一，可近距离观赏信天翁。信天翁有很大的翅膀，能以每小时约110千米的飞行速度在全球范围内迁徙。

新西兰峡湾
New Zealand's Fiords

新西兰南岛西南面共有五个峡湾：缪福特峡湾（Milford Sound）、杜普菲尔峡湾（Doubtful Sound）、杜斯基峡湾（Dusky Sound）、乔什峡湾（George Sound）和勃里克士峡湾（Breaksea Sound），其中前面3个峡湾最著名。这些峡湾风景如画，令人陶醉，并且拥有各种各样的野生动物。这里的海水呈蓝黑色，导致一些动物只能在深海生活。

这些峡湾大约在2万年以前，由于巨大的冰河对山脉的侵蚀作用而形成的。当这些冰河融化时，大量的岩屑碎石，残留在每个峡湾的入口处。在6500年以前，当海平面升高时，这些岩屑碎石，就形成了壁垒。

今天，这些岩屑碎石限制了海水在峡湾的流入或流出。

✽缪福特峡湾风光

✵杜普菲尔峡湾

　　峡湾地区是新西兰最潮湿的地区之一，这些地区每年降雨量超过7500毫米。大量的雨水，在流经浓密的森林之后，变成棕黄色的新鲜水，注入峡湾。

　　新西兰峡湾是世界自然遗产之一，被游客称为世界观光和徒步旅行的"首选"。

　　缪福特峡湾位于南岛西南海岸，峡湾陆地上郁郁葱葱的植物，在蓝色海水的映衬下，美不胜收。缪福特峡湾从塔斯曼海狭窄的出海口，一直延伸到内陆，总长15千米，峡湾周围高山高耸入云。

　　杜普菲尔峡湾是新西兰最著名的旅游观光目的地之一，名声仅次于缪福特峡湾。

　　杜斯基峡湾是新西兰最大的峡湾，位于南岛西海岸。由船长库克(Captain Cook)命名。

非洲

南非

南非共和国(Republic of South Africa),简称南非,位于非洲最南部,人口4300多万,其中黑人占77%,白人占11%。

南非面积1219912平方公里。南非是世界上动植物品种最多的国家之一,非洲最富有的国家,全球最大的白金、黄金和铬矿的出产国,白金、黄金(全球第二)、钻石(全球第二)、铀(全球第三)、煤、铁砂、磷酸盐、锰、鱼等资源储量丰富。

南非的首都有三个:行政首都比勒陀利亚(Pretoria)、立法首都开普敦(Cape Town)、司法首都布隆方丹(Bloemfontein)。

南非年平均温度17℃,东面印度洋岸边的德班(Durban)港,属地中海性气候。

✽南非各省地理位置简图

比勒陀利亚
Pretoria

比勒陀利亚(Pretoria)位于约翰内斯堡以北约50公里处。19世纪建造的纪念碑和庄严的官方建筑,在比勒陀利亚的一些公园和花园中随处可见。每年春天,南非行政首都街上的紫薇花树(Jacaranda trees)的淡紫色鲜花盛开,春意盎然,给人以充满活力之感。比勒陀利亚还是南非的科学研究中心。

古建筑物、雅致的公园和餐馆,都可在这座优美紧凑的城市中找到。

国家动物园(National Zoological Gardens)

著名的比勒陀利亚动物园位于阿卑斯河(Apies River)岸边城市"心脏"处,是世界上顶尖的动物园之一。在繁殖珍稀或濒危动植物,如非洲的短尾雕(Bateleur)和阿拉伯羚羊(Arabian oryx)等方面,成效显著。

教堂广场(Church Square)

位于教堂街与鲍尔·克鲁格街的交会处,前波尔共和国(Boer Republic)的国会大厦和1899年的高等法院大厦(Palace of Justice)都在此。

鲍尔·克鲁格(Paul Kruger)青铜塑像,矗立在教堂广场上。

教堂广场周围有市政厅、银行、邮局和法院等。

❋ 教堂广场上鲍尔·克鲁格青铜像

✿ 市政厅

市政厅（City Hall）

市政厅在德兰士瓦博物馆（Transvaal Museum）的对面。这座堂皇的大厦是新希腊式（Neo-Greek）和罗马式（Roman）建筑艺术的混合体。

联合大厦（Union Buildings）

1910年，由著名建筑师哈比特·贝克爵士（Sir Herbert Baker）设计，曾是南非联盟的行政办公大厦。现在，联合大厦是南非的总统府。1994年5月10日，纳尔逊·曼德拉总统（President Nelson Mandela）曾在这里举行了历史性的就职典礼。这座大厦由于安全原因不对公

✿ 联合大厦全景

✿ 从联合大厦往南眺望

众开放,但是,大厦以特有的荷兰和意大利文艺复兴时期的建筑艺术,令人赞叹不绝,印象深刻!

先民纪念堂(Voortrekker Monument)

是为纪念非洲先驱者而建。纪念堂于1949年12月16日开放。它的长矛图形,象征着祖鲁(Zulu)国王的权力。而由64个磨光的花岗岩石组成的大型牛车阵营,象征着1938年血河战役所用的64辆牛车围成的临时阵营。

在纪念馆底部墙下,矗立着一组伊莎贝尔·施尼门(Isabel Snyman)和她的女儿贝蒂·沃克(Betty Wolk)与儿子约瑟夫·葛斯坦(Joseph Goldstein)的青铜塑像,高度为4.1米,重2.5吨。塑像由南非著名的雕塑家安顿·范沃尔乌(Anton van Wouw,1862－1945)于1938年铸造而成。

❋先民纪念馆

❋伊莎贝尔及女儿和儿子雕像

❋纪念馆四个角落中的先驱者领袖塑像

在纪念馆每个角落,都有一个石头像,分别肃立在四个墙角,守卫着纪念堂。英雄纪念厅巨型圆拱顶、大理石地面和匠工独运的壁雕,向人们叙述了大迁徙时期的历史事件和日常生活。纪念厅四个巨大的拱形窗口,镶嵌着比利时风格的玻璃。地面大理石水样的图形,向四方流淌蔓延,象征着自由。壁雕由27幅大理石浮雕组成,其原材料的总重量为360吨,凿刻后的重量为180吨。从1942年开始,四位雕刻艺术家经过多年努力才竣工。

❋英雄纪念厅内的"石棺"

❋英雄纪念厅内的大理石浮雕

❋英雄纪念厅内的巨型壁画

约翰内斯堡
Johannesburg

人口稠密的约翰内斯堡（Johannesburg），人口约600万，是南非最大的城市，也是南非的金融和商业中心。约翰内斯堡的春天，春意盎然，尤其是有南非国花之称的紫薇花，竞相争艳，美若天骄！约翰内斯堡属高原性气候。这里的湿度为0，庄稼自然风干，农场主粮仓火车可直接进出。

南非盛产钻石，产量占世界第二位，因此，吸引不少游客慕名前来。

❋约翰内斯堡中心广场

❋约翰内斯堡飞机场大楼一角

❋中心广场周围高楼大厦

金矿（Gold Mining）

富饶的天然资源，把南非变成了地球上几个最富有的国家之一。1868年，南非发现黄金，黄金矿区面积很大，达500平方千米，年产量20吨，南非黄金产量约占世界的1/4，但现在已落后于中国，退居第二位。

距约翰内斯堡南面8千米的金矿市（Gold Reef City），曾建有14座竖井，1887－1971年投产。20世纪80年代，曾进行着热火朝天的重建工作。该市有一些令人感兴趣的博物馆可供参观，也可到现今已被废弃的矿山旅游。

❋金矿的废矿堆积如山

开普敦
Cape Town

开普敦（Cape Town）位于非洲南端小半岛，紧邻大西洋，是南非主要旅游目的地，也是第四大都市。开普敦人口300多万，50%是有色人种，有"小欧洲"之称。桌山（Table Mountain）是开普敦最著名的地标。开普敦有许多维护得很好的历史性建筑物，如绿色市场广场的旧式房屋。在市郊，沿海岸线的查普曼峰（Chapman's Peak）驱车观光，悬崖峭壁直坠海底，令人惊叹不已！还有，弗兰瑟克（Franschhoek）和斯忒良博茨（Stellenbosch）周围的葡萄园，也很值得游览。

维多利亚港水门（V&A Waterfront）

开普敦维多利亚港已有150年历史，是世界上最漂亮的海港之一，这里有雄伟壮观的桌山和大西洋沿岸美丽的风光。

❋ 鸟瞰开普敦及维多利亚港

❋ 开普敦街景

❋ 坎斯湾

❋ 被天公"削平"的桌山

V&A 水门是购物者的乐园，各种古董、手织衣服、保健品、化妆品、礼品应有尽有。游客可以在码头和海边餐馆用餐，边吃边观赏海港美景。各种短途旅游，都从水门开始，乘游艇环游海港或到罗宾海岛航游。也可乘坐直升机，飞越半岛，俯视坎普斯湾(Camps Bay)的风光。

罗宾岛(Robben Island)，1964 年，南非前黑人领袖曼德拉曾被监禁在这里达 27 年之久，因此，罗宾岛也称为曼德拉岛。1999 年，该岛被评为世界文化遗产。这里有一座监狱博物馆。

桌山(Table Mountain)

桌山海拔 1089 米。远眺桌山，好似用刀锋削平如桌面般的平坦，真是鬼斧神工，天公造美，世界独一无二！

桌山有 1500 多种植物，它们多数生长于溪流和瀑布附近。这里还有许多个小的哺乳动物、两栖动物、飞鸟，其中珍稀的沼蛙(Ghost Frog)最为著名。

克斯坦伯斯国家植物园
(Kirstenbosch National Botanical Gardens)

❋ 樟脑树

❋ 酷像"兔子"的兔子花

❋ 水百合花

克斯坦伯斯国家植物园,位于桌山东面山坡上,占地560公顷。这座世界著名的花园,有7%已被开垦,90%被森林和花草所覆盖。植物花园有4000种本地植物,其中2600种为开普半岛(Cape Peninsula)独有的植物。春天这座花园鲜花盛开,百花争艳,尤其是每年的8—10月,这里更是光彩夺目,惹人喜爱。引人注目的是科隆纳尔鸟澡池(Colonel Bird's Bath)。花园的第一任管理者哈罗德·皮尔逊(Harold Pearson)的墓地,就在该鸟浴池的上面。1996年8月21日,南非首位黑人总统纳尔逊·曼德拉(Nelson Mandela),到此观光和种花。其中,100多年树龄的"魔术树"(Magic Tree),2005年11月1日,被大暴风吹倒,但至今仍活着,引起不少游客尤其是小朋友的极大兴趣!

豪特湾(Hout Bay)

豪特湾盛产龙虾,自1940年以来,豪特湾变成了重要的渔业中心和漂亮舒适的居民区和周末度假村,有长约1公里的海滩,背面较低,沙丘被灌木遮盖,其侧面是高山。西面,卡邦基尔堡(Karbonkeiberg)山脉尚田纳尔(Sentinel)峰海拔为331米;东面,查普曼峰(Chapman's Peak)山脉,逐渐倾斜,蜿蜒曲折,是闻名世界的观光胜地。

在豪特湾,有许多小咖啡店、餐馆、服装店和古玩店。海港附近,还有许多小酒店、小旅馆。

❋ 海豹在游泳与爬坡的"特写镜头"
❋ 两只海豹在"对话"

❋ 美丽的豪特湾

驱车海岸观光,在查普曼峰宾馆(Chapman's Peak Hotel)找个好位置,可观赏整个海湾美景。

海员码头位于豪特湾海滩和小渔港之间,有露天小餐厅、海鲜餐厅、航海古玩商店、淡水鱼类与贝壳市场。观光者可以沿着海边码头游逛,或者在船上钓鱼。

旅游观光者,还可乘坐游船,前往豪特湾的杜克尔海岛(Duiker Island),近距离观赏海豹(seal)。这里的海豹是哺乳动物,一年一胎,以食鱼为生,属保护动物,不准捕杀。雄性的每只250~300公斤重,雌性的每只约100公斤。

古鲁特·康斯坦特亚葡萄园(The Vineyard in Groot Constantia)

❋ 庄园屋

古鲁特·康斯坦特亚葡萄园占地170公顷,其中90公顷是葡萄园。这里生产的红葡萄酒,香味四溢,回味无穷。

游客在葡萄园饱食龙虾大餐,畅饮葡萄美酒,观赏一群又一群的白色和灰色海鸥,迎风展翅,搏击长空,或飞翔在海滩上空,或在海滩上觅食,它们与蓝色海洋的阵阵白浪和海角楼宇,构成了一幅美不胜收的天然美景。

大洋洲 非洲 亚洲纵横游

南非企鹅（Jackass Penguin）

著名的南非企鹅，生活在西蒙市（Simon's Town）南面的企鹅保护区内。福舍湾（False Bay）内的西蒙市，风景如画。

在西蒙市与好望角自然保护区（Cape of Good Hope Nature Reserve）之间的海滨公路上，有许多受到保护的海湾，其中就有著名的蛙池（Froggy Pond）、圆石（Boulders）和前海（Seaforth）等地。在圆石，有受到保护的2300多只南非斑点环企鹅（jackass penguins）。这种企鹅，与澳大利亚企鹅，有许多异同：两者的体形大小相近，而且都在海滩或沙丘上挖洞藏身。不同之点是南非斑点环企鹅，大白天就三三两两"排队列阵"出没在海滩和沙丘之中，而澳大利亚企鹅，则习惯在黄昏时从大海中觅完食后才上岸，甚至"列队"摇摇摆摆地在海滩上"游行"。

好望角（Cape of Good Hope）

好望角位于桌山国家公园（Table Mountain National Park）好望角自然保护区（Cape of Good Hope Nature Reserve）内。好望角自然保护区占地7750公顷，拥有丰富的动植物资源。它的海岸线，从西面的瑟斯第湾（Schuster's Bay），一直延伸到东面的斯密斯温克尔湾（Smitswinkel Bay），全长40千米。

❋栖息在海滩上的企鹅

❋企鹅"司令"在"训话"

❋最早的灯塔（近照）

>> 047 <<

❋好望角及海角岬风光

❋非洲大陆最西南端的海角——好望角　　❋海角岬位置的经纬度数据　❋海角岬小商店

现在，自然保护区已被查明的珍稀植物有1100种，其中就有世界上六种最小而又最珍贵的植物之王——海角植物王（Cape Floristic Kingdom）。好望角至少还有250种飞鸟。

好望角还是观赏鲸鱼活动最好的观察地。南露脊鲸（Southern Right Whale），在每年6—11月间，人们很容易在福舍湾（False Bay）内看见，而座头鲸（Humpback Whale）和布氏鲸（Bryde's Whale）、海豹（Seals）和海豚（Dolphins），人们也常看到。

现在屹立在海角岬（Cape Point）的灯塔，海拔87米，为来往各种船只提供指引。

大洋洲 非洲 亚洲纵横游

其实，这个海角岬，并不是好望角的所在地。严格地说，真正的好望角的经纬度，应当是东经18°28′26″、南纬34°21′25″。

大多数游客对好望角充满神秘感，感到遥不可及！当游客身临其境，饱览举世闻名的非洲大陆西南端的海角——好望角的美丽风光，都会感到欣慰！

克鲁格国家公园自然保护区
（Conservation in the Kruger National Park）

克鲁格国家公园自然保护区面积19633平方公里，是世界上第一个为了保护野生动物而设立的保护区，也是世界上最大的野生动物保护公园之一。

克鲁格国家公园拥有很多非洲特有的野生动物，如非洲大象（Elephant）、狮子（Lion）、犀牛（Rhino）、长颈鹿（Giraffe）、花豹（Leopard）、斑马（Zebra）、河马（Hippo）、野牛（Baffalo）、羚羊（Gazelle）、尖嘴鸟（Hornbill）等。在这座公园里，这些野生动物都以天然栖息的方式生活着。

❋ 克鲁格国家公园欢迎您(纽毕大门)

❋ 斑马在觅食

❋ 繁忙的接待"营地"

❋ 雄狮在怒吼

❋ 雌性羚羊在漫游

❋ 栖息水中的河马

❋ 身强体壮的大犀牛

布莱德河峡谷(Blyde River Canyon)

布莱德河峡谷位于克鲁克国家公园纽毕(Numbi)入口处西北方向约60千米处。这里的天然美景和环境保护,都非常吸引游客前往!

快速流动着的布莱德河,把地层表面的贡岩和石英岩侵蚀成长达700米的河道,周围悬崖峭壁、小岛、高原和灌木覆盖的山坡,混合而成为20千米长的峡谷。在这个峡谷的心脏地带,有一座布莱德浦特水坝(Blydepoort Dam)。

❊ 去"上帝之窗"或"雨林"的标志牌

堪称非洲自然奇观之一的布莱德河峡谷,登高远眺峡谷及三茅屋岩(The Three Rondavels,亦称"三毛峰"或"三姊妹峰")的壮丽美景,别有一番趣味!

❊ 瞧!像"帽子"一样的三座茅屋岩(中间三座山)

❊ 布莱德河峡谷一角

❊ 波克尔幸运壶穴与湍流漩涡的河水

❊ 多么险峻陡峭的峡谷

大洋洲 非洲 亚洲纵横游

在布莱德河(Blyde)与楚河(Treur)汇合处，由于漩涡式水流所携带的砂砾和碎石的磨蚀，形成了多个水蚀洞穴地形，即著名的波克尔幸运壶穴(Bourke's Luck Potholes)。

在布莱德河峡谷雨林地带的南端，按标志牌"上帝之窗(Gods Window)"的指引，到达一个有栅栏的最佳瞭望点，由此可俯瞰1000米以下的景物，游客不禁有"一览众山小"的感觉，这里有"上帝之窗"的美誉。

在布莱德河的沟壑深谷中茂密丛林的山坡上，生活着几种体大的羚羊和一些小型哺乳动物及飞鸟等。灵巧敏捷的狒狒(chacma baboon)和猴子时常在这里出没，而地衣(lichen)、苔藓、兰花等植物，在这里随处可见。

❋庭院内售货亭的货摊

❋艺术品与手工工艺品商店

非洲

津巴布韦

津巴布韦共和国,位于非洲东南部,是一个内陆国家,东接莫桑比克(Mozambique),西和西北与博茨瓦纳(Botswana)和赞比亚(Zambia)相连,南邻南非(South Africa),面积390580平方千米。国土大部分是高原,平均海拔1000多米。

津巴布韦首都是哈拉雷(Harare)。全国分10个省,下设55个区、14个市镇。全国为热带草原气候,年平均气温22 ℃。10月份温度最高,达32 ℃;7月份温度最低,为13 ℃~17 ℃。人口有1300万(2008年)。英语、绍纳语和恩德贝莱语为官方语言。

津巴布韦矿产资源丰富,有煤、铁、铬、铅、锌、铜、镍、锡、金、银、锂、铌、铀和石棉等。

工业主要有金属和金属加工业、食品加工、石油化工、卷烟、饮料、纺织、服装、造纸和印刷业等。

农牧业主要生产玉米、棉花、烟草、花卉、甘蔗和茶叶等,畜牧业以养牛为主。粮食自给有余,素有非洲南部"粮仓"的美誉,是非洲主要粮食出口国、世界主要烤烟出口国和欧洲鲜花市场的第四大供应商。

✼津巴布韦地理位置简图

维多利亚大瀑布、众多的国家公园和野生动物保护区,都很受世界游客青睐。旅游收入是该国主要的外汇收入来源。

维多利亚大瀑布（Victoria Falls）

维多利亚大瀑布,位于赞比西河（Zambezi River）西端南岸,是世界上最雄伟壮观的自然景观之一。大瀑布宽度1.8千米,最大落差为122米。无论是其宽度,还是其落差,两者都为世界之冠。在洪水季节,每秒钟约有5620立方米的流量,也为世界瀑布之冠。

❈维多利亚大瀑布欢迎您

赞比西河（Zambezi River）,越过玄武岩高原,流经粗浅的谷地,经过千百万年的侵蚀作用,形成了长约8千米的玄武岩峡谷,这样,它从平稳的、平静的河流,在赞比西进行转换,而形成了咆哮的湍流,这就是形成大瀑布的主因。

维多利亚大瀑布观光,共有16个观赏点。如果步行观赏各景点,最好从里温斯通雕塑像和魔鬼瀑布开始,到维多利亚大瀑布桥终止,整个行程约需1—2小时。

在魔鬼瀑布附近,竖立着一座戴维·里温斯通博士（Dr David Livingstone）塑像。他于1855年11月16日来到维多利亚大瀑布,耳闻目睹从10公里河流上游而来的雷鸣般瀑布的咆哮声及壮观的场景,他写道:"这是我在非洲所见到的最精彩的景观"。

❈瀑布奇观（一）

❈瀑布奇观（二）

维多利亚大瀑布城
(The Victoria Falls Town)

维多利亚大瀑布城，在津巴布韦北麻他贝里良省（Province of Matabeleland North）。该城原是津巴布韦西北角赞比西河畔的一个小镇，之后，借维多利亚大瀑布旅游观光之光，快速发展成为一座小城。

维多利亚大瀑布城的很多宾馆，看似是门面简朴，甚至"残旧"，但是，它的内部装潢均是五星级的豪华水平！

在该城有一棵珍贵古老的"大树（Big Tree）"，也称猴面包树，据说，它已有1500年的树龄。当地人把它称为"颠倒树"，因为它的树干很粗，而树枝却茂密纤细，当地人说是上帝发怒时把树种颠倒了，让树根留在上面。这种树的果实很大，称为酒石，外壳很硬，里面是白色果肉，像一块面包，掰下一粒品尝，酸甜，据说维生素含量丰富。

❊ 绿草如茵草地上的体态各异的人物雕像

❊ 帝皇宾馆大门外的武士雕像

赞比西河(Zambezi River)

赞比西河，是非洲南部最大河流，也是非洲大陆流入印度洋（India Ocean）的第一大河。赞比西河发源于赞比亚西北部边境海拔1300米山脉上，流经安哥拉（Angola）、纳米比亚、博茨瓦纳、津巴布韦、赞比亚和莫桑比克等国，最后流入莫桑比克海峡，全长2660公里。从该河源头到维多利亚大瀑布，为上游，长1287米；从维多利亚大瀑布到莫桑比克境内的卡霍拉

❊ 帝皇宾馆内的游泳池及亭子

❊ 赞比西河上的游船

巴萨水库，为中游，长 869 公里；从卡霍拉巴萨到出海口，为下游，长 579 公里。

在赞比西河上，依次建有四座水力发电站。靠近维多利亚大瀑布城的这座发电站，位于赞比亚境内，利用大瀑布的落差发电，装机容量比其他几座水电站小很多，仅为 10.8 万千瓦（KW）。

部落风情

游览非洲，免不了要欣赏非洲部落多姿多彩的风情。当游客身披当地民族披纱，两手敲打非洲鼓具，具有浓郁非洲特色，欣赏这一幕幕的非洲乡土味十足的古老部落舞蹈的精彩演出！这欢乐的夜晚，令人流连忘返！

✤ 乐击非洲鼓

✤ 欢乐的晚宴

✤ 部落舞蹈演出场景（一）

✤ 部落舞蹈演出场景（二）

亚 洲

阿联酋

阿联酋位于阿拉伯湾东南岸，东和东北接阿曼(Oman)，西与南接沙特(Saudi Arabia)，北隔海遥望伊朗(Iran)。面积 90600 平方公里，人口 400 多万，其中迪拜(Dubai)120 多万。

阿联酋的人均收入在 21000 美元以上，是世界上人均收入最高的国家之一。

✳ 阿联酋地理位置简图

迪拜
Dubai

20 世纪 50 年代，迪拜还是阿拉伯湾一个海滨小镇，曾是东方与西方重要的贸易纽带。20 世纪 90 年代以后，迪拜发生了令人瞩目的变化，现今，迪拜已是世界主要的商贸中心之一。

现在，迪拜通讯和运输系统非常完善。

迪拜有两个主要海港：拉希德港(Port Rashid)和吉贝·阿里(Jebel Ali)港。1991 年，这两个港口连成一体，由迪拜港管理。2001 年，它又和几个海港、海关和自由贸易区合并成为联合企

* 迪拜——沙漠之城

业。如今迪拜已经成为中东以至世界最大的集装箱海港之一。

七星帆船酒店(Burj Al Arab)及其他

* 迪拜港两岸风光

迪拜七星帆船酒店外形像一艘正在航行的阿拉伯帆船,56层,高321米,是全球最高的酒店,比法国埃菲尔铁塔还高出一截。1999年12月对外营业。

酒店建造在离海岸280米处的人工岛卓美亚海滨度假村(Jumeirah Beach Resort)上。整个工程花了5年时间才竣工,共使用9000吨钢材,有250根基柱深埋在40米海底,真是独一无二,令人惊叹!

在卓美亚海滨(Jumeirah Beach)还有许多五星级酒店、大型游泳池、健康中心和网球场等。五星级卓美亚海滨酒店(Jumeirah Beach Hotel)建有专用的海滩和水上运动项目。

* 迪拜七星级帆船酒店黄昏景色

阿联酋在每年11月至次年3月的气候最好,平均温度在26℃左右,湿度低。这期间,一些北欧人都喜欢来此度假休息。

* 迪拜五星级卓美亚海滨酒店

世界第一高楼——哈利法塔(Burj Khalifa Tower)

哈利法塔，原名迪拜塔(Burj Dubai)，位于迪拜扎阿贝尔路(Za'abel Road)上，高度828米，168层，是当今世界第一高楼。

哈利法塔占地面积34.4公顷。建筑采用单式钢筋混凝土结构形式，由连为一体的管状多塔组成，基础周围采用了富有伊斯兰建筑风格的几何图形——六瓣的沙漠之花。哈利法塔37层以下是阿玛尼(Armani)酒店，45－108层有700个私人公寓，第78层有一座户外游泳池，第106楼以上的楼层是办公室与会议室，第124层为观景台。大厦内设有56部电梯。另外，还有双层观光电梯，每次最多可载42人。周边配套项目包括：龙城、迪拜商场、配套的酒店、住宅、公寓、商务中心等。可容纳1.2万人入住，总投资超过70亿美元。

❋世界第一高楼——哈利法塔

❋从哈利法塔124层观景台向下拍摄的夜景

❋哈利法塔前，从高为275米处拍摄的夜景

大洋洲 非洲 亚洲纵横游

哈利法塔,于 2004 年 9 月 21 日动工兴建,经历 5 年多的时间,于 2010 年 1 月 4 日落成启用。

迪拜博物馆(Dubai Museum)

迪拜博物馆位于迪拜小港湾(Dubai Creek)附近的阿勒市集(Al Souk)处。这座建筑曾是皇宫、要塞和海岸城堡,现在是迪拜最古老的建筑物。当人们进入博物馆参观,就好像进入地道一样。博物馆外的陈列品,包括阿拉伯人的住屋群和很早以前的炮楼,还陈列着直至 4000 年前的历史遗迹,包括铜器、石膏制品、陶器等文物。

✽ 迪拜博物馆内的古船、火炮与炮楼

"黄金市集"与"香料市集"(Gold Souk and Spice Souk)

几十年来,迪拜从珍珠和黄金的贸易中获得大量财富,其珍珠买卖在世界上颇有名气!早期,黄金贸易是迪拜从南亚次大陆的贸易中获取巨额财富的基础。现今,除了在迪拜小港湾附近的"黄金市集"和"香料市集"外,在谢赫·扎依德路(Sheikh Zayed Road)尽头,还有一座新建的黄金—钻石中心,街道两旁排列着一家家金饰店铺,隔着宽阔明亮的玻璃窗,黄金制成的项链、手镯、耳环及各种饰品,整齐地排列在橱窗内和柜台上。这里的店铺信誉都很好,货真价实!

在"黄金市集"附近,笔者看到一些小商小贩,在他们的售货亭内,用大布袋盛满各种香料,热情地招揽生意。据说,阿拉伯香料,除了用于食物调味剂外,当地女性还用它

✽ "黄金市集"橱窗

✽ 悬挂的串串香料

熏衣。只要把一个陶瓷小碗放在地上，置入木炭、松香、香料粉末，然后用火柴点燃，一会儿，室内空间充满了飘逸四方的香味。这时，若把一件衣服悬挂在室内，约10分钟左右，它就沾染上了淡淡的清香之味，清香可保持一个星期之久。

迪拜国际机场
（Dubai International Airport）

※迪拜国际机场

迪拜国际机场投入运行以来，每年运送旅客量不断增长。2001年，新建的谢赫·拉希德航空大楼（Sheikh Rashid Terminal）开始营业，当年运送旅客3300万人次，2007年运送旅客7000万人次。

阿布扎比
Abu Dhabi

阿布扎比城市风光

1761年，很多贝尼·牙斯（Bani Yas）部落的猎人，来到海岸边的岛屿，在这里他们发现了淡水水源。这个岛屿被命名为阿布扎比。后来，在海岸建立起渔村，这就是现代化的阿布扎比，即阿联酋的首都的发展历程。

阿布扎比以东160千米是奥舍斯（Oasis）市。奥舍斯在荒凉的哈扎山脉（Hajar Mountains）与沙漠平原的交接处，全市靠泉水灌溉和生活。

※阿布扎比著名地标——大炮

大洋洲 非洲 亚洲纵横游

❋全球最高的商展中心与建筑风格奇特的电信大厦　❋阿布扎比市区一角

　　该市有一座5000年之久的古墓。这座古墓和其他青铜器时期文物被发现之后,这里的大批古堡、沙漠绿洲、公园,就更加闻名于世了。该市还是阿联酋总统谢赫·扎依德(Sheikh Zayed)的住所所在地。

阿布扎比大清真寺(Grand Mosque)

　　有一座阿联酋最大、排名世界第八的清真寺,位于阿布扎比,全称"谢赫·扎依德·本·苏坦·阿勒纳哈扬清真寺"(Sheikh Zayed bin Sultan Al Nahyan Mosque),简称"大清真寺(Grand Mosque)"。

❋阿布扎比大清真寺

✿阿布扎比大清真寺内部走廊

✿阿布扎比大清真寺豪华大厅　✿豪华大厅装饰的大吊灯

✿豪华大厅地面上号称全世界最大的无缝地毯

　　这座大清真寺的设计,充分体现了伊斯兰的建筑风格,并参考了世界上不少著名的清真寺的设计。该寺的建筑材料分别来自意大利、德国、伊朗、中国、印度、摩洛哥、土耳其、希腊和阿联酋当地。

　　这座大清真寺,缔造了多项世界纪录:它能一次性地容纳多达4万穆斯林教徒做礼拜;当走进主殿大厅时,一盏罕见的彩色大吊灯,首先映入眼帘,两侧大厅各有一盏,共有3盏,每盏吊灯重达1.5吨;主殿大厅内的地毯,被誉为全世界最大地毯,面积5627平方米,重47吨,居然没有一处缝痕!

　　从2008年3月起,该清真寺对所有游客开放,它也是阿联酋唯一一座对外开放的清真寺。

大洋洲 非洲 亚洲纵横游

酋长皇宫大酒店（Emirates Palace Hotel）

酋长皇宫大酒店，位于阿布扎比西北海滩上，占地 100 公顷，与阿联酋总统府仅有一街之隔。以 22 吨黄金、30 亿美元建成的这座大酒店，是全世界造价最贵、最奢侈豪华的八星级酒店，被认为"简直是为国王而建的"。迪拜七星级帆船酒店，主要是接待商务人士；这座大酒店，主要是接待国家元首或王室成员等。

大酒店是一座古典式的阿拉伯皇宫式建筑群，远远望去，有点像清真寺，也有点像传说中的阿里巴巴时代的皇宫。每座宫殿，都有一个传说，具有浓厚的民族色彩。当人们进入大厅，举目所及，皆是金碧辉煌；珍贵的施华洛世奇（Swarovski）的水晶吊灯，比比皆是；有世界之冠美誉的最大的纯金打造的圆拱顶，令人大开眼界。

❋ 酋长皇宫酒店内装饰辉煌

❋ 酋长皇宫酒店

亚　洲

约旦

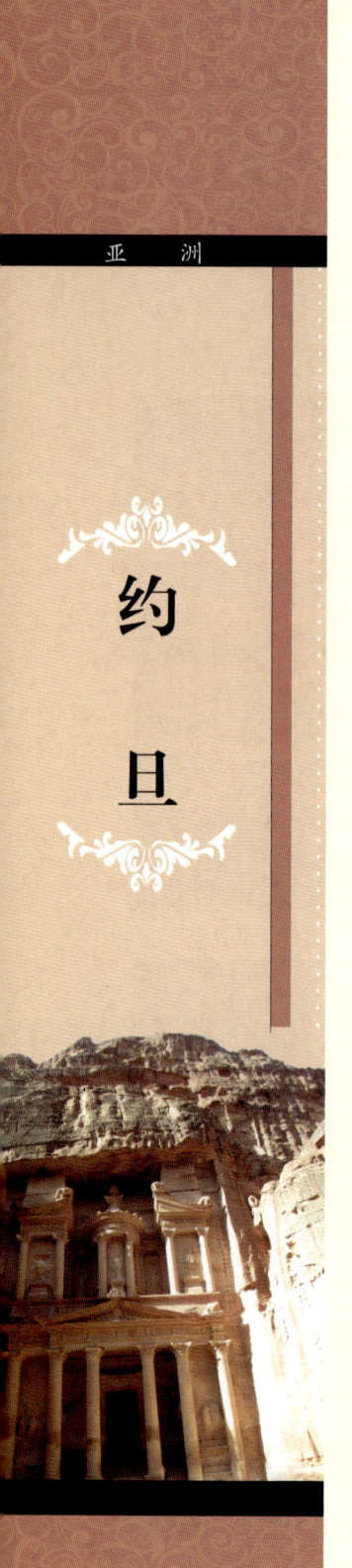

约旦哈希姆王国(The Hashemite Kingdom of Jordan),简称约旦,面积91390平方公里,人口6508271(2011年)。

约旦大部分地区是高原,海拔在650~1000米。西部有约旦河谷,东和东南部是沙漠,亚巴琳山脉纵贯其中。约旦基本上是个内陆国家,是一个比较小的阿拉伯国家,全国缺水,也没有石油之类的自然资源。

约旦是发展中国家,经济基础薄弱,资源比较贫乏,可耕地少,依赖进口。国民经济主要来源为侨汇、外援和旅游。1999年约旦加入世界贸易组织。2006年,约旦继续推进私有化和贸易自由化政策,大力改善投资环境,积极寻求外援和减免债务,成效显著。

约旦大部分地区属亚热带沙漠气候,西部山地属地中海气候,年降水量100~700毫米。

约旦的历史,可以追溯到由纳巴特人(Nabataean)建立的纳巴特王国,在数千年前就已经建立了古老的文明。

安曼
Amman

安曼是约旦首都和全国最大城市,是经济、文化中心,也是安曼省省会,西亚地区重要商业中心、金融中心和交通中心。安曼位于阿杰隆山脉东部的海拔850米高原地带,临安曼河及其支流,因坐落在7个山头之上,故有"七山之城"之称。随着1967年阿以战争以来巴勒斯坦移民的大量拥入,市区扩大到周围的丘陵地带。安曼人口212.6万人(2003年),占全国总人口的38.8%。

安曼气候宜人,8月平均气温25.6℃,1月为8.1℃。

安曼是一座著名的西亚古城。纵贯全国的南北走向铁路从这里经过,城西有现代化公路通往耶路撒冷。许多西方国家将中东的总部设在这里。

大洋洲 非洲 亚洲纵横游

❋ 在大卫山上，约旦考古博物馆门前的遗迹

安曼分为旧城和新城两部分。位于大卫（Citadel）山上的约旦考古博物馆（Jordan Archaeological Museum），有众多石器时期、青铜时期直到近代的展品或动植物化石展出，是考古学者或爱好者不可多得的好去处。从远处眺望安曼新旧城区，游客无不被那绚丽多彩，气象万千所震撼。笔者曾走进旧城区，参观了国王清真寺，这里充满浓厚的阿拉伯风情。

❋ 在大卫山上的约旦考古博物馆

在旧城区里，还保存有很多罗马帝国时期的遗迹，如斗兽场、露天剧场以及宫殿等。斗兽场呈圆形，整个地面用石头铺成，平坦而坚实。斗兽场附近是露天剧场，整个剧场用巨石砌成，看台为阶梯式，可容纳五六千名观众。站在剧场的顶端可以观赏附近的名胜古迹。剧场设有3层看台，每个座位都能清晰地看到舞台上的表演。

>> 065 <<

✼ 国王清真寺

✼ 国王清真寺入口

新城区多为别墅式建筑,有宾馆、体育馆、文化宫、剧场、纪念馆等,这些设计新颖的现代化建筑使这座古老的城市显得生机勃勃。

在安曼大街上,服装店、首饰店、日用品店、杂货店、水果店、蔬菜店、饭店、小吃店比比皆是,目不暇接。爱吃烧烤的人到了安曼,定能大饱口福。这里有一种烤羊羔肉最受人们欢迎,它是阿拉伯食谱上的名菜,如同北京的烤鸭一样。制作这道菜时,将鲜嫩的羊羔肉用铁条串起,垂直地放在炭火上烤,待羊肉被烤得外焦里熟时,即可食用。食用时用锋利的长把刀切成薄片,拌上大葱、细盐、辣椒面等,香脆可口。

杰拉西
Jerash

杰拉西古迹,位于约旦北部,离首都安曼 48 公里,是杰拉西首府和最大城市。

杰拉西是约旦境内保存得最完好的古罗马(Roman)城市之一,也是约旦重要的旅游地区之一。在山丘上,有一座古希腊时期的建筑遗址,遗址面积原为 85 公顷,分布在两个山丘上,分成东、西两个相等部分。

自 1920 年起,考古队在杰拉西不断挖掘出沉睡了几千年的文明。东面剧场是约旦现存的三个剧场中最大的一个。至今,它还可举行大型的国际音乐和舞蹈演出。每年的杰拉西音乐节,就在这里举行。

杰拉西现有居民 6 万多人。其古迹的修复工作直到 1925 年才开始,至今仍在进行中。杰拉西遗址中有一个胜利拱门、一个古罗马城广场(椭圆形广场)、一条"柱列大道"、两个剧场(南北剧场)、一处阿尔忒弥斯(Artemis)神庙(月神与狩猎女神神庙)和若干纪念碑等。

胜利拱门(Arch of Triumph)

胜利拱门又称哈德良胜利拱门(The Triumphal Arch of Hadrian),有3个拱门,中间拱门最大,高13米、宽7米、深6.5米,两侧门都比较小,上面都有一个狭窄的窗户。这两侧门有两个壁龛。胜利拱门两侧的额骨及基座的细节都很相似,用4根嵌入墙中的石柱进行装饰。拱门基座承担着雕刻好的阿冈特(Achante)树叶。拱门的上部曾因地震受损,修复后,变成现今原貌。

✻ 哈德良胜利拱门

胜利拱门是为纪念哈德良纽斯·奥古斯塔斯皇帝(Emperor Hadrianus Augustus)而建造的。

竞技场(The Hippodrome)

从胜利拱门进入,在不远处的西侧,有一座巨大的古代竞技场,南北长260米,宽80米。过去,罗马人经常用它作为典礼仪式和举办各种体育比赛。竞技场的座位有15层,可容纳15000人。围墙内有6座门通向观众席,另外3道门,直接通往竞技场和商店以及各拱门座位下面贮物室。在竞技场的南面有10个马厩,是作为各种动物表演和赛马之用。

✻ 竞技场南面的拱门

南门(The South Gate)

南门的外形很像哈德良胜利拱门,耸立在城墙不远处,中有两个塔房,有三个拱形通道,在柱基上支承着希腊柯林斯(Corinthian)式的立柱。

南门

椭圆广场(The Oval Plaza)

从南门进入,不久就可到达椭圆广场。广场位于宙斯神庙(Temple of Zeus)和卡多神庙(Temple of Cardo)之间,是杰拉西最引人注目的景观。这里给人印象最深的是一系列的爱奥尼亚式的廊柱(Ionic columns)。

椭圆广场是杰拉西的中心,长约90米、宽80米,由同心圆方式排列的石块铺砌而成。广场现存的廊柱有64根,直径都在1米以上,如果再加上连接它们的主街

椭圆广场

廊柱,则无法计算了。从规模和布局上看,后来意大利罗马的圣伯多禄大教堂(St. Peter's Basilica),都无法与它相比。廊柱广场旁边的人行道,宽 2 米,也用石块铺砌。在广场的中心,曾有一个正方形高台,放置着一座雕塑,现今,雕塑由三大块粉红色的巨石叠砌而成的石柱所支承。

在罗马时期,这个广场是集会和举行重要庆祝活动的场所。现在,这里是最能代表杰拉西的形象的地标,因此,也是游客最喜欢拍照留念地方。

❋ 古希腊统治时期的建筑遗址——柱列大道

柱列大道(Colonnade Street)

柱列大道又称卡多(Cardo)大道。柱列大道从椭圆广场开始,向东北方向延伸,长 800 米,路旁有水溪。路面用巨型的石块铺垫。越往北,这些石块会越小。在柱列大道的两旁及北部,许多巨大的石柱在公元 550 年就已经被竖立起来。原有 520 根,现今只剩下 71 根仍然竖立在坚固的基座上。石柱的柱头,有的是爱奥尼亚式,有的则是希腊柯林斯式。无论是哪种柱头,都雄伟高大,排列成行,每根石柱的柱头雕刻着各种花纹,工艺异常精湛,充分体现了古代约旦人民高超的建筑艺术。

❋ 石柱柱顶上精工雕刻着的各种花纹

美女神庙(The Nymphaeum)

美女神庙靠近大教堂(Cathedral)入口,于公元 190 年建成。神庙以直径为 11 米画出半圆为凹进处,在它的表面,用 7 个半圆的神龛与长方形的神龛相隔排列着。在这些神龛上面,是一座山墙,用多根柯林菲安的壁柱来装饰。整个建筑物

❋ 美女神庙遗迹

都被半圆拱所覆盖。第一层表面上的洞孔，原是用大理石的厚片所封盖的。带有半圆拱形的各神龛上部墙壁，都涂上灰泥，并画上几何图形。第一层神龛中的雕塑，所流出的水都流入到正面的灰泥大水盆中。从该水盆中流出的水，通过7个狮面形状的水孔，溅落在6个圆形的浅水盆上，水从这里流入到柱列大道之下的排水沟中去；中间那个水孔的水，则流入到建筑物的粉红色花岗岩石的大水盆中。

在美女神庙前有4根巨型石柱，都是漂亮的柯林菲安式柱头。

阿尔忒弥斯神庙（The Temple of Artemis）

阿尔忒弥斯神庙，又称月神庙，供奉的是希腊神话中月亮女神阿忒弥斯。神庙的入口位于柱列大道中间，有4根巨柱，3个大拱门。这些巨柱，高16米，直径1.5米。

在神庙的主入口有一个大门，宽5米、高8米。由于阿尔忒弥斯是格拉森的守护神，其神庙比宙斯（Zeus）神庙的地位还要高，因此，在进入

✻ 用钥匙或手指均可感受到大石柱在移动

✻ 阿尔忒弥斯神庙

大洋洲 非洲 亚洲纵横游

大门之后，还要攀登7段台阶，每段台阶都有7级，即总共49级台阶，再穿过由信徒们捐献给祭坛的台阶，最后才能到达神庙的神圣庭院，令人倍感崇高与神圣。

雄伟壮观的阿尔忒弥斯神庙，大小161×

❋阿尔忒弥斯神庙的入口

121米，由圆形门廊环绕。神庙竖立在庭院的东西轴线上，建于公元150年左右，俯视着杰拉西古城。

现今，虽然有许多石柱已经倒下或躺在墩座墙下，但这些巨柱，都是杰拉西最精致的石柱。过去，在女神雕塑像前面有两座拱门，在拱门内举办庄重的宗教仪式。

马达巴
Madaba

马赛克城

马达巴位于约旦中部，人口6万。从约旦首都安曼出发，驱车西南，行30千米，即可抵达马达巴。马达巴有3500多年历史，是世界上马赛克（mosaic）制品种类最多的城市，因此，它享有"马赛克之城"的美誉。

据说，马达巴城内有成千上万幅马赛克镶嵌画散落在教堂和民宅中，其中大部分制品已有1400多年的历史。这些制品构思精巧，色彩协调，技术精湛，内容丰富，

>>071<<

✳ 正在镶嵌马赛克画的阿拉伯妇女

✳ 作画的阿拉伯妇女

✳ 马赛克镶嵌画（一）

✳ 马赛克镶嵌画（二）

既有花鸟虫鱼，又有飞禽走兽；既有神话故事情节，又有狩猎农耕等日常生活场景，绚丽多彩，震撼人心。

马赛克地图

最引人注目的一幅马赛克地图，为始建于公元6世纪的圣乔治（St. George）教堂地面上那幅。该地图制作于公元560年，用200多万片彩石镶嵌而成，长25米，宽5米，面积125平方米，准确无误地标出了公元6世纪耶路撒冷和亚历山大等城市以及山川峡谷、村落集镇、海洋和尼罗河三角洲的位置，是世界上现存最古老的中东地图。这幅杰作不仅是约旦的国宝，也是世界艺术宝库中的一朵绚丽多彩的奇葩，不得不让人们赞叹约旦古老艺术的神奇与伟大。

大洋洲 非洲 亚洲纵横游

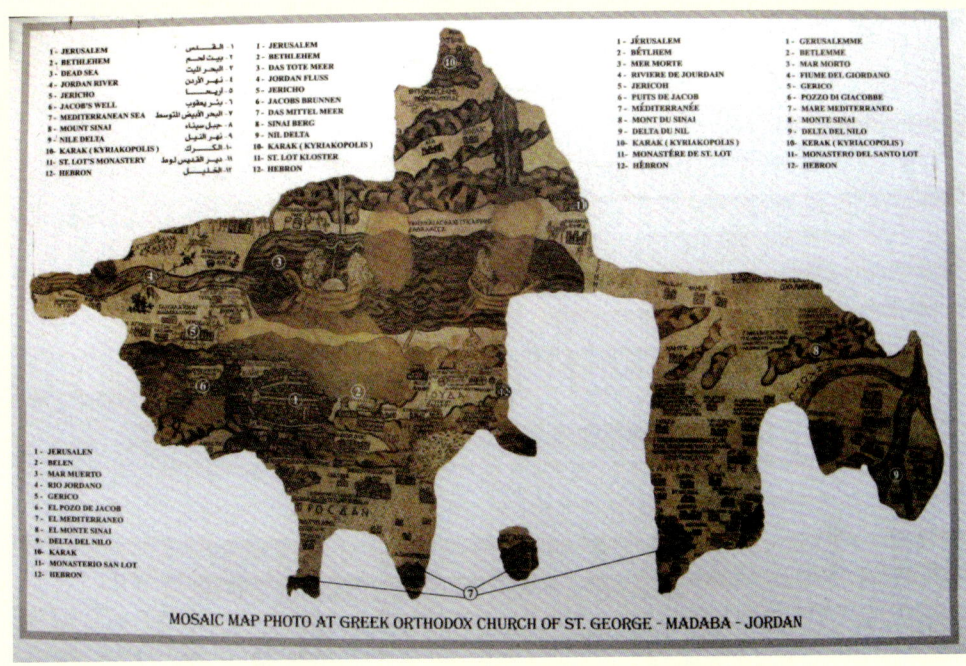

✻ 在希腊东正教圣乔治教堂中曾发现公元6世纪《圣经》中所说的马赛克地图

尼波山
Mt. Nebo

尼波山，海拔870米，位于死海（Dead Sea）东北角，是摩西（Moses）升天之地，也是约旦人敬仰的圣地之一。摩西在基督教中是仅次于上帝和耶稣的重要人物，也是犹太教的创始人，同时还是伊斯兰教的六大使者之一，因此，尼波山每年都吸引大批宗教信徒和游客前来朝拜和观光。公元2世纪以后，随着基督教的逐渐流传，许多基督教信

✻ 2000年梵蒂冈教皇保罗二世到访尼波山后竖立的纪念碑

✳ 尼波山上的"方向图"

徒来到了尼波山,建起了基督教堂,修行、传教和行医。

现在,摩西升天的遗迹,已经荡然无存,但在尼波山上,有《方向图》,指示到各圣地的方位和距离。天晴时,向西眺望,能看到死海、约旦河西岸圣城耶路撒冷(Jerusalem)教堂的尖顶和历史名城伯利恒(Bethlehem)。晚上,则可饱览耶路撒冷的万家灯火。在《方向图》附近,耸立着高大的钢制盘蛇(蟒蛇)十字架,象征着摩西行神的牧羊杖,令人联想到摩西曾在埃及(Egypt)时高举铜蛇救平民的故事。

克拉克城堡
Karak

克拉克城堡,建在960米的山头上,地势险要,工程浩大,雄伟壮观,易守难攻。城墙周围,建有4个由巨石建造的塔楼,有的巨石长达3米。该城堡屋顶都是半圆拱形,内部主通道高大宽阔,房间相连,并随着地势高低而起伏,便于机动防御。高大的围墙上有箭孔,可用于瞭望。城堡上多处装有抛投器具,用来抛射礌石。除了防御的城墙之外,教堂、住房和厨房等都建在地下,十分安全。

✳ 笔者途中所见峡谷上的高山、湖泊及迂回曲折的弯道

✳ 山顶上克拉克城堡外景

大洋洲 非洲 亚洲纵横游

佩特拉
Petra

佩特拉是约旦南部的一座古城，在安曼以南约255公里处，曾是纳巴特（Nabataeans）王国的首都，北通大马士革，南经亚喀巴湾可通印度洋和红海，西面是加沙，东面遥望波斯湾。

佩特拉隐藏在一条狭窄的峡谷内，位于海拔800多米干燥的高山上，古迹大都于岩石上雕凿而成，并以岩石的色彩而闻名于世。佩特拉也因其色彩而被称为"玫瑰红城市"。这里不同颜色岩石的扭曲岩层，形成了岩石表面的螺旋形和波浪形的颜色曲线，甚是奇特壮观。

佩特拉现有居民100多人，一部分人至今仍然住在洞窟里。1985年佩特拉被列入联合国教科文组织（UNESCO）的世界遗产名录。

❉ 位于佩特拉路旁北面的洞窟一角

❉ 位于佩特拉路旁南面的方尖岩墓

佩特拉古城周围悬崖绝壁环绕，在入口处设有两位模仿古代武士的"门卫"，凸显其雄伟与庄严。通过入口处就走进一条长约1.5公里的狭窄而弯曲的峡谷通道，称为"蛇道"（el-Siq）。峡谷通道最宽处约7米，最窄处仅2米，非常整洁干净。"蛇道"两旁，设有水渠和小贮水井（池），用于收集高山岩石上流下来的水。在这狭窄弯曲的"蛇道"中段，有一座据说是纳巴特（Nabataean）主神"杜沙拉"（Dushara）的

房子。在这条"蛇道"上,不但经常遇见坐着马车、骑着毛驴以及步行的游客接踵而来,欣赏美景,拍照留影,而且,有多处还能欣赏"一线天"绚丽多彩的美妙奇景!

在峡谷"蛇道"的尽头,就是著名的宝藏区(The Treasury Area)大广场。每天上午9—11时左右,阳光普照,这时游客可以看到奇观——卡兹尼赫神殿(Al Khazneh),这种在岩石上凿雕成粉红色的神殿总是令人惊叹不已!这座神殿很可能在公元前一世纪是作为阿里达斯三世(Aretas III)皇帝的坟墓而建造的。

卡兹尼赫神殿,高40米、宽28米,由上下两层组成。在下层,有一个门口,通向主大厅及两旁的小房间。正面有6根支柱,两侧每对支柱,都嵌入墙壁内,并在它们之间的基座上雕琢出骑兵、宙斯(Zeus)儿子的塑像:一个骑马向西行,而另一个骑马向东走。这6根支柱,支承着已装饰的山墙。上层,由在两个岩石区间的3个部分组成。中间部分,上面是一个圆盘,支承着一个瓮缸,下面两根小柱之间,则是卡兹尼赫神像,这也许是神殿名字的来由吧!两侧的岩塔,均由两根嵌入岩墙的小支柱所支承,其间有雕琢好的象征着纳巴特主神的雕塑像。两根小柱,都用山墙在顶上覆盖着。在两旁用岩墙封闭的凹进处,各是一个妇女勇士伸展双臂的雕塑像。

✳ "一线天"绚丽多彩的美景

✳ 从岩石中开凿出来的水池

✳ 从岩石中开凿出来的水渠

大洋洲 非洲 亚洲纵横游

❋ 外观道路北面的坟墓群遗迹

❋ 骑着毛驴和骆驼观光的人们

❋ 卡兹尼赫神殿

  总之，卡兹尼赫神殿是世界建筑史上极为罕见的"鬼斧神工"的艺术杰作！

  从宝藏区出来，向西沿外观道路(Street of Facades)行走，在阿尔库贝哈山脉(al-Khubtha Mountain)山脚下有许多从前皇室的坟墓。

  在外观道路左侧(南面)，有很多在岩石上凿雕而成的纳巴特房屋和曾是政府部门的楼宇。

  向西走出外观道路之后，左侧可看到佩特拉古代露天剧场(罗马剧场)，它与杰拉西的剧场不同：它的座位是在岩石上挖凿而成，而不用人工砌筑建造。剧场在公元前8年至公元40年阿里达斯四世(Aretas IV)统治时期建成，有33排座位，可容纳3500名观众。

亚 洲

以色列

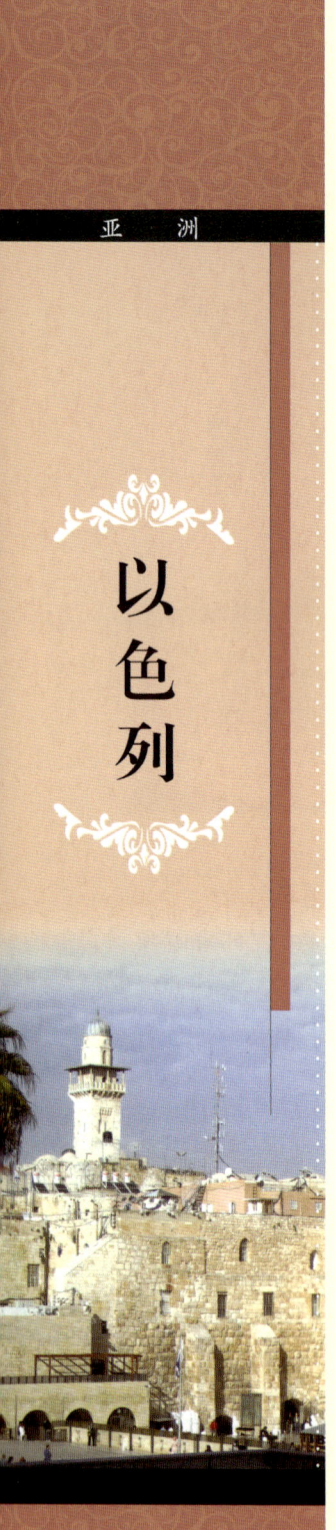

以色列位于阿拉伯半岛西北角,东连约旦,东北与叙利亚为邻,西濒地中海,南和西南接埃及西奈半岛。从南至北的沿海地区为狭长平原,长约470公里,由东至西最宽处约为135公里,北部为山地及溪谷,南部为沙漠,面积21946平方公里(包括东耶路撒冷)。全国人口约774万(2012年9月)。

以色列地处欧、亚、非三大洲要冲,是古代重要交通与贸易路线,重要的战略地区。

以色列属地中海型气候,6—9月为夏季,炎热、少雨。11月—次年3月为冬季,凉快、多雨。1月份最冷,平均温度为6℃~15℃;而7—8月最热,平均温度22℃~33℃。

以色列一个重要产业是观光旅游业,它有多样化的地理环境:积雪的高山、肥沃的平原、干燥荒芜的旷野、明媚的湖泊(包括死海)、美丽的海滩等。这一切,对观光旅客都有着巨大的吸引力!

❋ 以色列地理位置图

大洋洲 非洲 亚洲纵横游

死海
Dead Sea

　　死海，又称盐海（Salt Sea），南北长 55 千米，东西最宽处为 18 千米。流入死海的主要河流是约旦河（Jordan River），该河是全世界最特殊、最低的湖泊，湖面海拔－423 米，深 377 米，海水密度大，含盐量甚高，为 33.7%，相当于一般海水的 8.6 倍，这使许多动物不能生存，这就是"死海"之名的由来，但也造成了数倍于海洋的浮力，因而人跳进死海里不会下沉，反而可体验到其他海洋里无法感受到的漂游之感。长期以来，死海吸引着地中海地区的游客来此观光旅游。

❋死海的早霞

❋俯视游泳池及眺望死海

✱ 耶路撒冷金顶清真寺、银顶和蓝顶清真寺

耶路撒冷
Jerusalem

"圣地"之城

耶路撒冷是世界上唯一被三大宗教（犹太教、天主教、伊斯兰教）共同视为自己的圣地的地方，因而，有"圣地"之城的美称。

耶路撒冷位于犹地亚山区，海拔790米，面积约1万平方千米，有许多城门、城墙遗址、教堂。游客登上该城东面的一座长满橄

✱ 圣殿山被毁圣殿的模型

榄树的橄榄山（Mt. Olive）眺望，俯视着耶路撒冷古城区，古城区中伊斯兰教的金顶、蓝顶和银顶清真寺，以及金色东正教堂等，熠熠发亮，甚为壮观。

金顶清真寺(Dome of the Rock)

耶路撒冷金顶清真寺，又名岩石圆顶清真寺，是至今保存最完好的伊斯兰早期建筑。

这座清真寺的底座呈八角形，每面宽205米、高9.5米，全部用石块砌成，故又称"石殿"。底座上部和支持圆顶的圆柱形墙壁上，饰以五颜六色的装饰物和《古兰经》经文，全部由上彩釉的陶块拼接而成，显得绚丽无比。

整个圆顶寺高54米，直径55米，每个角边长外部21米，内部19.2米，圆顶直径外部24米，内部20米，圆顶高3.65米。内部共有4个门，分别是西门、北边的天堂门、南门和东边的链门。

整个建筑具有叙利亚、罗马和拜占庭传统综合建筑风格。

❋耶路撒冷地标——金顶清真寺

锡安门(Zion Gate)

耶路撒冷古城区由4个区组成：东南区为犹太人区，西南区为亚美尼亚人区，东北区为伊斯兰教区，西北区为基督教区，总面积为85万平方米，由1536－1539年间建成的城墙所围绕着。整个古城区有8个城门：大马士革门、希律门、狮子门、金门、冬门、锡安门、扎法门、新门。其中，锡安门是连接

❋锡安门

亚美尼亚人区。由于锡安门接近犹太人区,故该门又被称为"犹太人区之门"。

金色烛台

离西墙(哭墙)不远的高处,矗立着一巨大的金色的7枝烛台。7枝烛台表达的意思分别为:6枝表明创造的6日,中间1枝代表安息日;以色列人应该劳作6天,第7天休息。世世代代都要遵守。由于犹太教把日落看做是一天的开始,把星期日视为一周的开始,所以从星期五下午太阳落山时,安息日就开始了。这一天中,所有人都要休息,停止工作。

❋ 金色烛台

大卫塔(Tower of David)

大卫塔,在耶路撒冷古城西面的最高处,位于扎法门(Jaffa Gate)附近的犹太区内。公元前第一世纪末,统治者希律王曾在这里建造他的王宫。公元70年,罗马军队攻入耶路撒冷时,只有这里没有被毁坏。后来,在这里陆续挖掘出土的有古老的哈莫尼城墙和法赛尔塔、希皮库斯塔和米里亚尼塔等三座城塔,以及罗马、拜占庭、十字军和土耳其时代的建筑遗迹。

大卫塔,一直是耶路撒冷城的路标。由塔顶俯视,整个古城区的美丽风光尽收眼底。沿着台阶而上,登上城墙的走道,从每段小道上,可从不同角度环视四周。

❋ 大卫塔

城塔中设有耶路撒冷历史博物馆,里面陈列着迦南人、希伯来人、希腊人、十字军、土耳其人、阿拉伯人和以色列人的历史文物。

万国教堂(All National Church)与喀西马尼花园(Garden of Gethsemane)

万国教堂,原称苦恼教堂,位于橄榄山下,毗邻喀西马尼花园。祭坛前的岩石传说是耶稣被出卖后度过的最后一夜坐的地方。里面有很多美丽的马赛克镶嵌画,画表现了"犹大之吻""耶稣的逮捕"等主题。现在的教堂是在原来教堂的遗址上,由 16 个国家出资,于 1924 年建成的,故称万国教堂。

教堂门以三道拱门来装饰,在构成三道拱门的四根柱子上,安放着四个人物雕像,分别代表福音书的作者。正面顶部是一个类似五角形的壁画。

喀西马尼花园是位于橄榄山下汲沦(Kidron)溪谷的一个果园。这里现有 8 棵橄榄树。这些橄榄树的树龄都在 3000 年左右。根据《新约圣经》记载:耶稣在被钉上十字架的前夜,和他的门徒在最后晚餐之后,前往此处祷告。

❋ 万国教堂外貌

❋ 万国教堂内部拱顶一角

❋ 喀西马尼花园古老的橄榄树

✱犹太人最神圣的膜拜之地——哭墙

西墙(哭墙)

希律王(King Herod)所建造的第二圣殿,于公元70年被罗马军队毁坏,只剩下圣殿的西面的高墙,称为"西墙"。过去,那些经历千辛万苦才能到达耶路撒冷朝圣的犹太人,目睹这座圣殿只剩下一面墙,不禁为他们亡国的悲惨命运失声痛哭,因此,这面墙又称为"哭墙"。

哭墙高19米,长52米。哭墙用巨型的石材建造,不用水泥或灰浆,而是逐块堆砌起来,墙深入地底下的深度,超过地面上哭墙的高度。

1981年,哭墙被联合国教科文组织(UNESCO)列入世界遗产名录。

苦路(Via Dolorosa)

苦路是指耶稣基督被审判后,背负刑具十字架,游街示众,赴刑场所经过的道路。

✱苦路第5(V)站标志　　✱苦路第7(VII)站标志　　✱狭窄的石台阶小巷道

大洋洲 非洲 亚洲纵横游

苦路是一条狭窄的小巷道，长约1千米。路由安东尼堡内的"鞭打教堂"开始，到"圣墓教堂"为止，每一站都有一个关于耶稣走过这段路的故事。

圣墓教堂（Church of the Holy Sepulcher）

圣墓教堂，东正教称它为"复活教堂"，是耶路撒冷旧城区内的一所基督教教堂。传说，耶稣的墓就在这里。耶稣死后3天复活，40天后升天。公元4世纪初，罗马君士坦丁大帝的母亲希拉娜太后巡游至此，下令在耶稣蒙难和埋葬处，建造一座教堂，即这座圣墓教堂。

在圣墓教堂进门处，一块红色的大理石安放在中间。大理石后面墙上的壁画上详细描绘了耶稣被钉上十字架后的情景。

❋圣墓教堂门前广场

米其多
Meggido

米其多是以色列北部城市基布兹（Kibbutz）的一座古城，位于耶律尔山谷（Jezreel Valley），往东可达土耳其，往西可到地中海，往南可到非洲，往北可到欧洲，是一个易守难攻的战略要地，是古代兵家必争之地。

1952年，人们在这座山丘上进行考古挖掘，发现有20多层考古叠层，最早的考古层有4000年之久。

现今，在这个山上，可以观赏到特尔·米其多残存的城门、城墙、圆筒形的储粮深坑，岩石层中开凿的隧道供水系统，以及南面与北面的所罗门马厩(Solomon's Stables)等遗迹。此外，游客还可环视基布兹谷地的风光。

❋米其多山上的遗迹

拿扎勒
Nazareth

拿扎勒是以色列北部城市，位于历史上的加利利(Galilee)地区，人口约6.5万人。拿扎勒是约瑟和玛利亚的故乡，耶稣在这里生活了30年。

这里主要观光景点是报喜教堂(Annunication Church)。传说，天使在这里告知圣母玛利亚，她将怀孕并生下耶稣。

现在的报喜教堂，是1969年完工的。教堂正面与其他侧面的造型不同，白色的方形底座与黑色的锥形八角顶，形成鲜明对比，凸显出它的动感和现代意识。它是以色列规模最大、最重要的教堂之一。它那37米高耸入云的圆顶，已成为拿扎勒最具代表性的景观。

❋报喜教堂正面

大洋洲 非洲 亚洲纵横游

❋ 屋顶像是一朵倒挂的百合花

❋ 报喜教堂内部大厅

　　一进教堂大门，就看见在教堂外廊的四壁上，展示了由不同国家所赠送的"圣母与圣婴"的壁画，每一张壁画上的圣母玛利亚和圣婴，都穿上了该国的民族服装，代表该国心目中的圣母与圣婴形象。

　　教堂分两层。下层中心为玛利亚故居的遗址，上层圆顶就像一朵倒挂的 16 瓣百合花。堂内四周镶满各国赠送的 16 幅"圣母与圣婴"马赛克镶嵌画和 64 个色彩鲜艳的玫瑰玻璃窗。

卡帕农
Capernaum

　　卡帕农位于加利利海（Galilee Sea）西北岸、约旦河西 5 千米。虽然现今已成为废墟，但卡帕农仍然是一个著名的旅游胜地。据称，耶稣开始传道时，即迁居于此。这里是他传道的一个中心，有不少神迹和重要的事件在这里发生。

　　在进入"卡帕农——耶稣故乡"标志牌的铁栅门之后的公园内，竖立着一座耶稣门徒马太（Matthew）的塑像；再往前走不远向左

❋ 卡帕农——耶稣故乡

转,就可见到在铁围栅上挂着醒目的"指路牌"——犹太教堂(synagogue)。

据考古学家证实,该座犹太教堂曾是耶稣向世人传道的会所。这座会所,约在公元4—5世纪建成。古代的犹太教堂,有两座:一座在希腊(Greek),另一座在阿拉姆(Aramaic)。

阿卡
Acre

阿卡古城距离特拉维夫110千米,距离耶路撒冷152千米,1948年被以色列占领,1948年之前大多数居民是阿拉伯人;2001年,阿卡古城被联合国列入世界文化遗产名录。

❋十字形屋顶及巨型石柱

❋埋藏于地下的十字军东征时期的古城遗迹

大洋洲 非洲 亚洲纵横游

海法
Haifa

海法，西濒地中海，背倚卡梅尔（Carmel）山，1948年，被以色列占领。该市面积60平方千米，人口267800（2006年6月）。海法是以色列第三大城市，仅次于西耶路撒冷和特拉维夫。海法港是以色列最繁忙的客运港口和最大的货运港口。

海法的气候，属地中海气候，夏天炎热干燥，平均温度为26℃；冬天寒冷多雨，平均温度为12℃。

马达姆（Matam）科技工业中心，位于海法的南部入口处，是以色列最大、最早的工业园区，高科技公司，比如：英特尔（Intel）、微软（Microsoft）、谷歌（Google）、菲利浦（Phillip）及IBM等，均在这里设立分公司，进行研发与生产。

❋海法港海湾及码头

❋在卡梅尔山上眺望巴哈伊圣地及部分市区的美景

>>089<<

恺撒利亚
Caesarea

恺撒利亚位于海法和特拉维夫之间,是一座地中海东岸平原的古城,也是通往欧、亚、非洲的桥梁。人口约4500人(2007年),现由以色列私人机构恺撒利亚发展公司 (Caesarea Development Corporation)管理,现属霍夫卡梅尔地区议会(Hof HaCarmel Regional Council)管辖。

大希律王(King Herod the Great)在位期间,大力建设此城,并改其名为恺撒利亚,意为"罗马皇帝之城"。

以色列建国后,罗斯查尔德家族(Rothschild family)出资开发,将此地开发为以旅游业为主的定居点。现在,这里有古罗马剧场、竞技场、古堡和美丽的海滩等对游客开放。

❋ 古堡遗址

❋ 海滩边上的餐馆及休闲娱乐场所

❋ 美丽的海滩

❋海滨城市特拉维夫

特拉维夫
Tel Aviv

特拉维夫是以色列第二大城市。人口 38.25 万,主要为犹太人。

特拉维夫濒临地中海,是一个海滨城市,市区面积 51.76 平方千米。特拉维夫市创建于 1909 年。今天,特拉维夫是以色列最大最重要的商业城市,各大企业和商业机构,都把它们的总部设立于此。以色列主要政党党部,也都设立在这里。同时,特拉维夫也是一个文化气息甚为浓厚的城市,有世界闻名的以色列爱乐交响乐团和特拉维夫大学和巴以兰大学,还有特拉维夫历史博物馆和犹太人移民(Diaspora)史博物馆。市内的商店、旅馆、餐馆、咖啡店随处可见。2003 年,特拉维夫白城(Tel Aviv White City)被联合国教科文组织(UNESCO)列为世界遗产。

❋特拉维夫大学一角

亚 洲

印 度

印度是印度共和国(Repubic of India)的简称,位于南亚次大陆,东濒孟加拉湾(Bay of Bengal),紧邻孟加拉国(Bangladesh)和缅甸(Burma),在它的东南,与斯里兰卡(Sri Lanka)隔海相望;西濒阿拉伯海(Arabian Sea)和巴基斯坦(Pakistan);北接中国(China)、尼泊尔(Nepal)和不丹(Bhutan)。面积约328万平方千米,人口11亿,仅次于中国。

❋ 印度地理位置简图

印度是四大文明古国之一,曾经创造了人类历史上著名的"恒河文明"。印度由于灿烂辉煌的古代文化和广阔的国土,所以名胜古迹和优美山水不胜枚举。对于观光旅游者而言,德里(Delhi)、阿格拉(Agra)和斋浦尔(Jaipur)这三个城市,构成了所谓的旅游"金三角"(The Golden Triangle)圣地。旅游项目大致可分为三类:一是陵园古堡,著名的有泰姬陵、胡马雍陵和红堡等,它们代表了印度建筑艺术的最高水准;二是印度古老的佛教圣地圣迹,著名的有王舍城、那兰陀寺等;三是印度的石窟神庙等,这些都是研究印度古代文化艺术的首选之地。

德里大区
Greater Delhi

德里大区包括新德里(New Delhi)与旧德里(Old Delhi)及郊区,是印度的首都,坐落在恒河(The River Ganges)支流亚穆纳河(Yamuna River)西岸,是印度第三大城市,人口约1600万。德里大区,已有3000多年的历史,在印度的历史上有着重要的地位,很多王朝都在这里建都,市内遍布文物古迹。

胡马雍大帝陵寝(Humayun's Tomb)

胡马雍大帝陵寝是莫卧儿(Mughal)帝国第二任皇帝胡马雍大帝安葬地,于1993年入选世界文化遗产名录。

❉ 胡马雍大帝陵寝

胡马雍大帝陵寝,于1572年建成,高47米。整个建筑,首次采用大量的红砂岩和黑白色大理石;平台屋顶上细小的雨篷,独创性地采用上釉的蓝色瓷砖进行覆盖;在白色大理石的圆拱顶上的青铜装饰物高达6米。

陵寝内有100座坟墓,因此,它有"莫卧儿帝国集体寝室"之称。

古达明那塔(Qutab Minar Tower)

古达明那塔于1193年建成,是12世纪为纪念阿富汗回教国征服印度教王国所建,塔高72.5米,塔呈赭红色,由红砂岩建成。塔内有397级台阶,可由此直登塔顶悬台。

1993年,古达明那塔入选世界文化遗产名录。

莲花寺(Lotus Temple)

莲花寺,又名巴哈伊教之礼拜堂(Baha'i House of Worship),是巴哈伊教建筑艺术的奇迹。它由伊朗建筑师法里布尔兹·沙巴(Fariburz Sahba)设计,于1986年建成。

✱ 古达明那塔

✱ 莲花寺

莲花寺的外貌，像一朵盛开的莲花，故称"莲花寺"。它那露天展开的27片花瓣的外形，特别引人注目。莲花寺高32.27米，底座直径74米，由三层花瓣组成，全部采用白色大理石建造。这座巨型建筑物，由9个连环的清水池，烘托着这巨大的"莲花"，并被92公顷的绿色草坪所环绕。莲花寺的内部设置十分简单，只有一个高大空阔的圣殿。光滑的地板上安置着一排排白色大理石长椅。

莲花代表着印度教、佛教、耆那教和伊斯兰教的统一，无论是哪个宗教的信徒，都可以来这里祈祷、沉思。在莲花庙，每种宗教都是平等的。

印度门（India Gate）

印度门，高42米，位于德里市内雷帕斯（Rajpath）大街东端，是一座巨型的红砂岩砌成的圆拱门，是为纪念第一次世界大战中阵亡的印度和英国的将士，以及第三次阿富汗战争而建。面对着印度门还有一座砂岩雨篷。

甘地陵墓（Raj Ghat Tomb）

甘地陵墓位于新德里东郊朱木拿河畔。陵园正中，有一座黑色大理石陵墓，这是一个普通正方形3×3平方米的平台，高约1米。墓后有一盏长明灯。甘地陵墓没有任何装饰，虽是露天，但极为普通、简朴，非常清洁、干净。每逢节假日，无数身穿白色民族服装的游客，从四面八方赶来，络绎不绝。所有进园的游客，都必须事先脱鞋，赤脚走进陵园。

✤印度门

✤甘地陵墓

阿格拉
Agra

阿格拉,曾是16—17世纪莫卧儿帝国皇宫所在地,位于亚穆纳(Yamuna)河西岸,距离德里(Delhi)200千米。

泰姬陵(Taj Mahal)

泰姬陵坐落在阿格拉(Agra)市郊、亚穆纳(Yamuna)河右岸,是世界上建筑杰作之一。

泰姬陵始建于1631年,耗资4100多万卢比和500公斤黄金,费时22年(1631—1653)才完工。这座镶满白色大理石的建筑,融合了印度、波斯、中亚等地建筑风格。

晨曦中泰姬陵的倒影,清澈明亮,非常漂亮。无论从何处看,由于光学效应,它的大小与空间,都好像比实际大和高。

泰姬陵汲取了波斯、中亚和伊斯兰建筑艺术的精华。它的特点是用黑白大理石砌成的方格图案作为地板,在陵墓底座四个角落处,有四根高达41.6米并由小圆屋顶盖着的尖塔,中间还有庞大的圆拱顶。这四根尖塔,平衡了泰姬陵的主结构。

❋泰姬陵南面主入口——大门楼

❋泰姬陵的四分花园景观

大洋洲 非洲 亚洲纵横游

❋ 雄伟壮观的泰姬陵

❋ 泰姬陵侧门墙上的精致图案

泰姬陵的主建筑是四方形的,它的每个角落都是斜面的。泰姬陵每边长为56.6米。在每面的两层圆拱形凹处的中间都有窗门。泰姬陵的外墙,用大量浅色大理石来装饰。中间大厅内的泰姬坟墓,被安放在6.7米高的平台上,占地面积95平方米。大厅内,还有假坟墓和八角形的小厅围绕着它。各个碑石都用优雅的嵌石来装饰。

泰姬陵于1983年被联合国教科文组织(UNESCO)列为世界文化遗产。几个世纪以来,它已变成了永恒的爱情和完美无缺的美好事物的象征。

阿格拉城堡(Agra Fort)

阿格拉城堡位于亚穆纳河西岸的山丘上,1565－1573年间,由阿克巴(Akbar)皇帝下令用红砂岩建成,故又称红堡,与首都德里的红堡同名。

✳ 阿格拉城堡阿玛尔·辛格大门

✳ 扎翰吉里斯陵和阿克巴陵

　　阿格拉城堡是印度伊斯兰艺术顶峰时期的代表作，1983年被列入联合国教科文组织的世界遗产名录。

　　城堡占地1.5平方千米，外形雄伟壮观，具有宫殿和城堡的双重功能，由高21米的红砂石墙所包围，在阳光照耀下发出耀眼的红色。城堡内建筑物曾多达500多座，但保留至今者甚少，只有10座大小不一的宫殿和陵墓。它们虽经漫长的风化与侵蚀或年久失修，但画梁和墙壁上精致的雕刻，仍隐约可见昔日富丽堂皇的风采。

　　其中，阿玛尔·辛格大门(Amar Singh Gate)特别引人注目。

　　从城堡的南面进入城堡，右侧是扎翰吉里陵(Jahangiri Mahal)和阿克巴陵(Akbar Mahal)，这里曾是阿克巴(Akbar)统治时期的皇宫之一。

　　沿着河边向前走去，就是凯斯陵(Khas Mahal)。凯斯陵有一个豪华的大理石大厅，天花板上油漆鲜艳逼真，富有萨赫·扎翰时期建筑艺术的特点。还有两个金色亭阁，面对亭阁，就是安葛里·巴赫(Anguri Bagh)，亦称"葡萄花园"(Grape Garden)，它有几个百合花水池和蜡烛壁龛。

　　在城堡附近，有一座两层八角形石塔，又名穆詹曼石塔(Musamman Burj)。在这里，能清晰地眺望泰姬陵。

　　与石塔相邻的迪旺·伊·凯斯(Diwan-i-Khas)大厅，是由萨赫·扎翰在1636—1637年间建成，蒙兀儿皇帝在这里接见达官贵人或外国使节。大厅下面就是"鱼屋"(Fish House)，又称麻查契·贝哈凡(Machchhi Bhawan)庭院。庭院西面是迪旺·伊·阿姆(Diwan-i-Aam)庭院，它是一个公众庭院，这里曾是皇帝接见官员和听取请愿者请求之地。由萨赫·扎翰命名的著名的孔雀宝座(Peacock Throne)也保存在这里。

　　在这座城堡内有三座清真寺：一是宝石清真寺(Gem Mosque)，或称米纳清真寺(Mina Masjid)，它很可能是世界上最小的清真寺；二是珠宝清真寺(Jewel Mosque)，或称那吉纳清真寺(Nagina Masjid)；三是珍珠清真寺(Pearl Mosque)，亦称毛特清真

✻ 八角形石塔小楼与泰姬陵远景

✻ 迪旺-伊-阿姆庭院

寺(Moti Masjid),它的三个白色大理石的圆拱顶高于红砂岩城墙。毛特清真寺,以它的和谐建筑风格而著称。

法特普西克利(Fatehpur Sikri)

法特普西克利位于阿格拉市西面40千米,是莫卧儿帝国皇宫所在地。它融合了印度、中亚和伊朗的建筑风格。这是一座被誉为足以与泰姬陵媲美的古堡,除了外形壮观、面积宽广之外,宫殿构图之优雅、内部设计之精致,都与泰姬陵类似。这座城堡被总长6千米的城墙所环绕,城墙上设有塔楼和城门。

✻ 庄重的大门楼,必须脱鞋而入

这座建筑物,都是用阿克巴人最喜爱的红色砂岩石建成。

庄重的大门楼,高54米,建于1573。由大门楼到达大庭院后,正前面就是萨廉·切斯特(Salim Chishti)墓。

✻ 萨廉·切斯特墓(白色)

斋浦尔
Jaipur

斋浦尔是印度拉贾斯坦(northern Indian state of Rajasthan)的首府。这里的文化、城堡、宫殿和湖泊都闻名于世。

城市皇宫博物馆(City Palace Museum)

博物馆收藏各种小型油画、手稿、莫卧儿地毯、乐器和兵器。透过这些收藏,可以看到斋浦尔豪华、精湛的艺术品和手工艺品。

城市皇宫于1729—1732年间建成。皇宫被高墙包围,内有庭院、花园等建筑物。皇宫有许多精美的雕花纱窗,在外墙上有不少扇形构件。早期,皇宫用于国务大

❋穆巴拉克陵

✱坎德拉陵(奶白色皇宫)

✱利德·信德出入口

臣或部长们居住和招待贵宾之用。现在它是纺织博物馆,展出皇亲国戚所穿过的衣服。在皇宫的中心,有一座两层大理石的穆巴拉克陵(Mubarak Mahal)。

庭院东面,有一个拉金德拉出入口(Rajendra Pol),北面是迪旺·伊·凯斯(Diwan-I-Khas)大庭院。在敞开式拱形走廊中的左右两侧,有两个巨型银制水缸,每个缸重 345 千克,容积 4091 公升,高 1.6 米,周长 4.52 米,是世界上最大的银制水缸,于 1896 年制成。

利德·信德出入口(Ridhi Sidhi Pol),有一个带有 4 个装饰精美的大门。附近安放着奢华的坎德拉陵(Chandra Mahal)。这座奶白色的皇宫共 7 层,每层的装饰都不同。在皇宫综合建筑群的东侧,就是迪旺·伊·阿姆(Diwan-I-Aam),现在它已被改造为博物馆,馆内陈列许多古代手稿、雕像、花灯、金宝座和雷帕特风格的袖珍绘画作品。

哈瓦陵(Hawa Mahal)

哈瓦陵,又名风之宫殿(Palace of Winds),位于的黎波里街(Tripolia Bazaar)与哈瓦陵街(Hawa Mahal Bazaar)的交会处,由美学家

✱风之宫殿景观

萨威·帕雷塔(Sawai Pratap,1778-1803年)设计,于1799年建成,这座绚丽的粉红色大楼,已经变成了斋浦尔市的地标。

从远处看,这座建筑物很像是皇帝头上所戴的皇冠。观光者可以沿着螺旋状的斜坡攀登到顶部,向西眺望,可看到城市皇宫博物馆。

扎尔陵(Jal Mahal)

❋风之宫殿景观

扎尔陵,又名"水之宫"("Water Palace")。每当雨季,雨水充满曼·萨格(Man Sagar)湖的时候,这座扎尔陵,就好像海市蜃楼一样从湖面上升起。

这座倾斜地面的花园,被拱形走廊包围,在每个角落中,都有小圆屋顶覆盖的塔楼。

❋水之宫

印度庙(Birla Temple)

印度庙,又称拉克什米·纳拉扬寺庙(Lakshmi Narayan Temple),坐落在毛特·冬格里皇宫(Moti Doongri Palace)的下面,是一座白色大理石寺庙,其内部精雕细刻的雕塑,令人叹服。

❋印度庙大门

章塔尔·曼塔尔天文台(Jantar Mantar Observatory)

萨威·扎尔·辛格二世(Sawai Jai Singh II)于18世纪建造的5座天文台中,章塔尔·曼塔尔(Jantar Mantar)露天天文台,是最大、最坚固、保存最好的一座。这座天文台16种造型轻巧有趣的天文观测装置(仪表),现在还在准确运行着。

天文台内的萨姆拉特装置(Samrat Yantra),高23米,其三角形斜边,与地球的轴平行,是一座庞大的日晷仪(sundial)。

还有一座名为勒葛·萨姆拉特的装置(Laghu Samrat Yantra),亦称小型日晷仪(small sundial),位于北纬27°(斋浦尔的纬度),可计算出斋浦尔当地的时间,精度为20秒,它通过贴附在东边或西边的三角形墙阴影的长短,测算当地时间。

由扎尔二世本人发明的扎尔·帕拉喀什装置(Jai Prakash Yantra),由凹下的南北两半球的地图组成,可测算出春天昼夜平分时的时间。

❋ 萨姆拉特装置

❋ 勒葛·萨姆拉特装置

❋ 扎尔·帕拉喀什装置

❋ 雷施瓦拉雅装置

纳里瓦拉雅日晷仪(Narivalaya Yantra)，倾斜度 27°，可计算天体运行的轨道时间。

雷施瓦拉雅装置(Rashivalaya Yantra)，共有 12 座。

因纳坦萨装置(Unnatansha Yantra)，曾用来确定白天或夜晚一些星球和行星的位置。

琥珀城堡(Amber Fort)

琥帕城堡位于斋浦尔的旧都安布尔(Amber)的一座能俯视全城的山丘之上。城堡由奶白、浅黄、玫瑰红及纯白色石料建成，远看好像琥珀，故称为琥珀城堡。

❋迪旺 - 伊 - 阿姆开放式大厅

❋骑着大象向琥珀城堡登高的观光者

大洋洲 非洲 亚洲纵横游

恒河
The River Ganges

恒河，发源于喜马拉雅山脉（Himalayas）南部，是南亚最长、流域最广的河流，它的两个较大的源头是阿拉卡纳达（Alaknanda）河和贝哈吉拉菲（Bhagirathi）河，两河上游急流汹涌，地势由海拔3150米陡降至300米。两河在德夫布勒亚格（Devprayag）附近会合，相继流经犹塔·安柯（Uttaranchal）山脉、犹塔·帕雷德施（Uttar Pradesh）、毕哈（Bihar）和西孟加拉（West Bengal）等广阔的平原。在它流经瓦拉纳西（Varanasi）时，又汇集了许多支流，河面变得宽阔，水流浩浩荡荡奔向下游。当它进入孟加拉国（Bangladesh）后，形成"Y"字形。就在这里，形成了世界上最大的三角

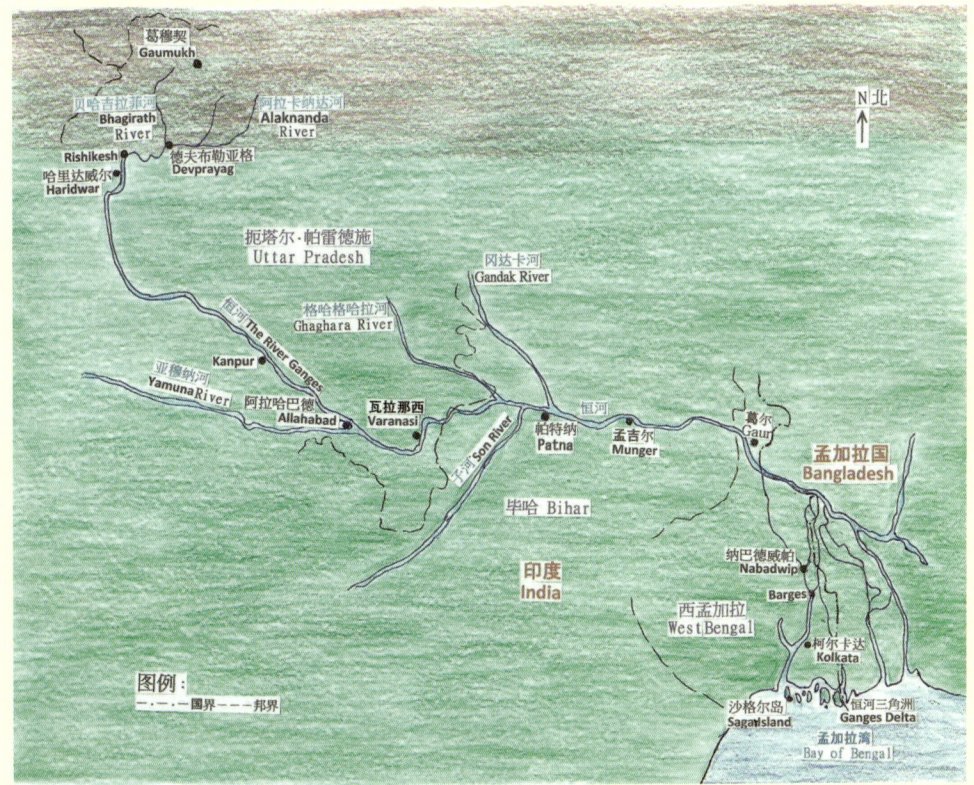

✱ 恒河流域示意图

✳ 晨曦中恒河西岸瓦拉纳西风光

洲——恒河三角洲(Ganges Delta)，它是南亚次大陆水稻、小麦、玉米、甘蔗、黄麻等重要种植区，最后注入孟加拉湾(Bay of Bengal)。恒河全长2525千米，在印度境内长2071千米，流域面积106万平方千米，占印度领土1/4。

　　恒河是印度古文明的发源地。恒河的水在印度人的心中是神的化身，可以洗净人类的心灵及身躯。

　　瓦拉纳西是恒河流域最大的圣城，在恒河岸边蔓延长达6.7千米，河岸边充满参差不齐、风格各异的神庙。每当晨曦初露，一轮红日喷薄而出，岸边的楼宇披上了金色衣裳，河面泛起一片金光，这就是"恒河日出"的美妙绝伦的景色！回头环视岸边的河水中，有许多独一无二的"恒河晨浴"的精彩镜头：洗浴的男女老

✳ 恒河日出

✳ 在恒河岸边沐浴的人们

大洋洲 非洲 亚洲纵横游

*恒河上兜售工艺品的小船和小贩

少，优哉游哉。有的站在齐腰深的水中尽情搓洗；有的双手合十，面向太阳，虔诚默祷；有的则暂时屏息呼吸，潜入水中；光着上身的虔诚信徒在岸边的石头上闭目打坐。

不少游客，喜欢花费几十卢比，租用一叶扁舟，向河中心漂去，此时，卖货的小贩抓住良机，也划着小船尾随跟进，向游客兜售各种各样工艺品。

瓦拉纳西(Varanasi)

瓦拉纳西位于恒河(The River Ganges)中游的西岸，是恒河沿岸最大的历史名城。相传6000年前，由婆罗门教和印度教主神之一的湿婆神所建。全城仅庙宇、寺院就有1500座，最著名的有湿婆庙、金庙。瓦拉纳西每年有400多个宗教节日，每年接待朝拜者或洗圣水澡的人有200万~300万。

鹿野苑(Sarnath)

在佛教典故中，菩萨化身为鹿王，为了保护鹿群，把自己献给了国王，而国王因受此感动而建立公园以保护鹿群。该公园至今仍存在，是释迦牟尼成佛后初传教的地方，佛教的最初僧团也在此成立。鹿野苑是佛教八大圣地之一，也是古印度的四大圣地之一。

早在公元前4—6世纪，鹿野苑已成为印度的学

*鹿野苑遗迹公园

>>107<<

❋ 虔诚的教徒在达美克佛塔附近草地上念经和默祷

术中心。对佛教徒来说，鹿野苑是瓦拉纳西的圣地。公元前528年，佛祖释迦牟尼曾经来到这里，首次布道、传教。鹿野苑遗迹公园内，寺庙、僧舍和讲坛的遗迹很多，包括达美克佛塔（Dhamekh Stupa）、达美克塔、五比丘迎佛塔、慕尔甘哈库提寺院。鹿野苑考古博物馆内有许多佛陀时的古物与阿育王弘扬佛法的标志——狮子柱头。现今，在它附近草地上，前来念经和默祷的教徒，随处可见。

慕尔甘哈库提寺（Mul gandha Kuti）

❋ 慕尔甘哈库提寺

慕尔甘哈库提寺在达美克佛塔东面，位于鹿野苑正门，是座菩提迦耶式的现代建筑，四周有花圃、草地、树林和鹿园。据传，这座最早的寺院建于孔雀王朝阿育王时代，笈多王朝时重修，莫卧儿时期阿克巴大帝再修，而现在的这座寺庙，则于1931年建成。寺院内，供奉有佛祖的金色佛像。寺院内墙上，彩绘着释迦牟尼从出生、悟道、讲经、圆寂的事迹。

卡鸠拉荷
Khajuraho

卡鸠拉荷是印度－雅利安人（Indo-Aryan）建筑艺术的范例。其寺庙建筑艺术及美妙绝伦的雕塑，举世闻名。这些寺庙群，都是在公元9—11世纪所建。最初寺庙有85座，有25座保存至今。

卡鸠拉荷是一个小村庄，位于著名的卡鸠拉荷－沙格尔(Khajuraho-sagar)湖沿岸，占地21平方千米，人口约8000人。

闻名于世的性寺庙群

卡鸠拉荷的寺庙群，公元9－10世纪由坎德拉王朝(Chandela Dynasty)所建，现是联合国教科文机构(UNESCO)认定的世界遗产所在地。此城因寺庙墙壁上雕刻许多男女情欲动作的雕像而闻名。全盛时期有85座，目前剩下25座。这些寺庙的建筑雕刻，无论形状、线条、姿态和表情都是精彩绝伦的艺术杰作。其中最令人印象深刻的是冈达里雅·玛哈迪夫(Kandariya Mahadev)寺庙，它代表北方印度寺庙的文化艺术和建筑艺术的顶峰。它的特点是规模巨大，各种构图非常协调，完美无缺，雕塑的艺术加工非常优雅。这一切，都是卡鸠拉荷寺庙闻名于世的缘由。

卡鸠拉荷寺庙群分为三组：东组、西组和南组。

❉ 冈达里雅·玛哈迪夫寺庙

西组（Western Group），包括冈达里雅·玛哈迭夫寺庙、拉斯曼纳寺庙（Lakshmana Temple）和韦斯旺尼契寺庙（Vishwanath Temple）等寺庙群。后两处的寺庙，在构图、塑像的艺术加工，都与冈达里雅·玛哈迭夫寺庙相似，但也有非常突出的特点。现分述如下：

冈达里雅·玛哈迭夫寺庙。该寺庙在现今卡鸠拉荷寺庙群中，是最大、最高、最好的寺庙。该寺庙最初是潘查雅坦（Panchayatan）式寺庙。

全盛时期卡鸠拉荷寺庙的六个主要部分都集中在一起。每个部分的屋顶，都设计成山峰形状。从雕塑和建筑艺术来看，冈达里雅寺庙是卡鸠拉荷寺庙群中最好的一座。

在冈达里雅寺庙的内部和外墙上，雕刻着800个塑像。这些塑像在妇女外貌表达中，充分显示出它们的优雅。

拉斯曼纳寺庙。该寺庙耸立在施夫·沙格尔湖（Shiv Sagar Lake）附近一大群寺庙的中心。这座寺庙是坎德拉（Chandella）寺庙群中最早而又保存最好的一座。

韦斯旺尼契寺庙。根据寺庙门廊题板上的记载，该寺庙是旦格·德瓦皇帝（King Dhangadeva）在公元1002年建造的，比冈达里雅·玛哈迭夫寺庙建造还要早。该寺庙的主厅和走廊，有很多非常漂亮的塑像，如有位妇女，一只手中拿着水果，而另一只手持着鹦鹉。天花板上，则是精心制作的花瓣的图案。

玛坦吉斯瓦寺庙（Matangeshwar Temple）。该寺庙建于公元900－925年，是卡鸠

❋ 拉斯曼纳寺庙

❋ 卡鸠拉荷性寺庙浮雕群

大洋洲 非洲 亚洲纵横游

❋ 韦斯旺尼契寺庙(中)

拉荷最早的寺庙群之一，也是现今唯一一座"做礼拜"(in worship)的寺庙。"圣堂"(sanctum)内的圆柱体(Linga)是由庞大的石头经高度抛光制成的，其直径1.1米、高2.5米。这是一个简朴的正方形寺庙，内部面积22.8平方米，外部32.5平方米，在三面都有凸出墙壁外的窗户。

瓦拉哈圣祠（Varaha Shrine）是一座亭子，位于拉斯曼纳寺庙的对面，于公元900—925年建在高耸的地基上。圣祠内有瓦拉哈雕塑像，身长2.67米，身高1.75米，由整块花岗石与砂岩石进行抛光雕刻而成。这座长方形亭子是一座层层逐步升高的金字塔形屋顶，用14条简单的支柱支撑着，它的平顶天花板采用优美的莲花浮雕。

东组（Eastern Group）寺庙群，包括著名的贝拉玛（Brahma）、华玛纳（Vamana）、爪瓦里（Javari）等三个以上的贝拉玛式寺庙和三个耆那（Jaina）寺庙。

贝拉玛寺庙。设计简易，采用砂石制成的石哈拉(sikhara)和花岗岩为主体，建于公元900年。

✲瓦拉哈圣祠内的野猪神像

帕施威纳茨寺庙。(The Parshwanath Temple)建于公元10世纪中期。寺庙位于阿德纳茨(Adinath)寺庙与尚特纳茨(Shantinath)寺庙之间,为21× 11米的长方形建筑。该寺庙各种图案中最值得注意的是10臂人。

南组(Southern Group)寺庙群主要包括杜拉德奥寺庙(Duladeo Temple)和查特布扎(Chaturbhuja Temple)寺庙。

查特布扎寺庙建于1090年。它是卡鸠拉荷主要寺庙中没有色情雕塑像的寺庙。

欧恰(Orchha)

在贝特华(Betwa)河所环绕的岩石岛上,建于1531年。直至1738年,欧恰还是磅德拉王朝的首都。

欧恰有三个漂亮的寺庙:梁姆·雷扎 (Ram Raja)、莱许米·纳拉扬(Laksmi Narayan)、查特布(Chaturbhuj)。查特布寺庙是一座城堡与寺庙结合形式的寺庙,有一个巨大的圆拱顶的大厅。

✽ 中心庭院四周上面的圆拱形亭阁及亭子群一角

扎翰吉里宫(Jahangiri Mahal)是一座雷帕特·磅德拉(Rajput Bundela)建筑艺术的杰作。该宫呈正方形，多层式结构，用砂石砌成，拥有132个房间、中心庭院及地下室。

在这座皇宫的四个角落，分别设有坚固的堡垒，以保护皇宫。在皇宫四周外墙上，放置着一排排雕刻的壁龛。

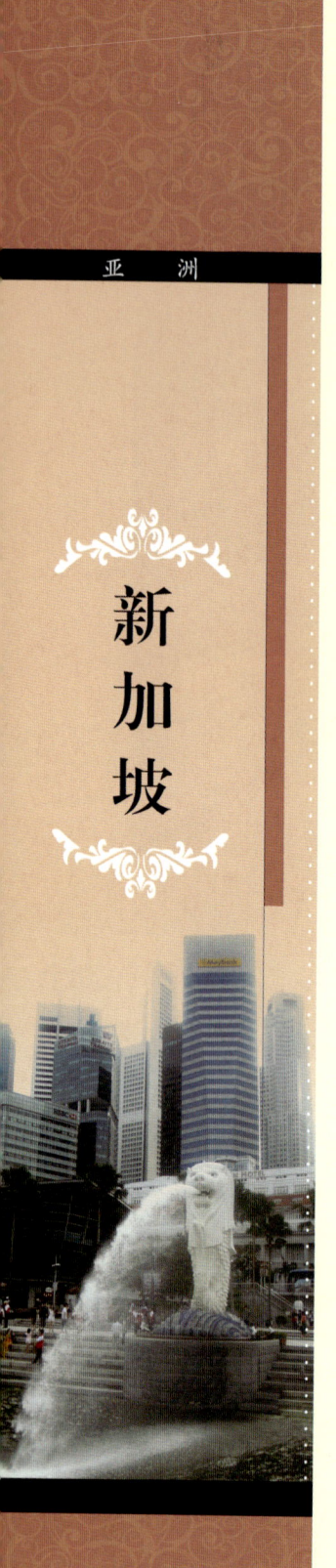

亚洲

新加坡

新加坡,又称狮城,是东南亚的一个岛国,也是一个城市国家,位于马来半岛(Malay Peninsula)南端,毗邻马六甲海峡(Strait of Malacca),南面新加坡海峡与印度尼西亚(Indonesia)相隔,北面柔佛海峡与马来西亚(Malaysia)相隔。该国由一个大岛和周围几个小岛组成,总面积697平方千米,人口约500万。

✤ 新加坡市区简图

✽新加坡的热带风光　　✽繁茂的花草树林随处可见

新加坡地处赤道附近，为热带多雨气候，年平均降雨量在2400毫米左右。新加坡分85区，市内共有85个地铁站，交通非常方便。

狮头鱼尾雕像(Merlion)

在狮头鱼尾公园(Merlion Park)内，一座由狮头和鱼尾组成的狮头鱼尾雕像，全身洁白无瑕，耸立在海湾(Marina Bay)岩石堤岸的基座上。

由于新加坡河是流经主城区的核心地带，因而是狮城人民日常生活和商业中枢。在该河南面，金融区的摩天大楼拔地而起。新加坡河像枝叶状把人行道、商店和餐馆等连接起来。游客可在码头上船游览河两岸美丽的风光。据统计，每天

✽狮头鱼尾雕像喷水

约有1.2万名来自世界各地的游客，专程到这个公园观光，尤其是当狮头鱼尾雕塑定时喷射出巨大水柱时，场面甚为壮观，引人注目！

狮头鱼尾雕像的设计灵感来自《马来纪年》的记载：14世纪，一位印尼王子的船只，遇到风暴漂流至此，当他登陆时看到一头神奇的野兽。随从告诉他那是一头

狮子。于是，他为这座岛屿取名为狮城。至于塑像的鱼尾造型，它既象征新加坡从渔港变成商港，也象征着人们来此谋生和刻苦耐劳的创业精神。

海湾金沙大酒店（Marina Bay Sands）——赌场（Casino）

✿海湾金沙大酒店

海湾金沙大酒店—赌场，是新加坡的最新地标，位于新加坡海湾（Marina Bay）入海口是一座集购物、休闲、餐饮、娱乐、会展、酒店和赌场为一体的大型度假村。于2011年2月11日正式对外营业。

从造型上看，三幢主楼支撑着一个巨大的空中花园（Sky Park），最高的主楼57层，高度200米。整体看上去，就好像一个"爪"字，有人戏称它有"抓"财之意，而更形象地说，它就像一艘悬于空中的"飞艇"，在蔚蓝的天空中"遨游"！

大酒店共有2561个房间、12万平方米会议展览中心、7.4万平方米商场、1座博物馆、2个大剧院、7个餐厅、2个浮动透明大帐篷、1个溜冰场和一座世界最大的赌场。赌场有500张桌子和1600台"老虎机"（slot machine）。

大酒店顶部的空中花园，可容纳3900人；有1座大游泳池，长150米。

在大酒店北面海湾入口处，是一座像莲花一样的洁白色的艺术—科学博物馆（The Art-Science Museum）。

伊斯帕雷纳德-海湾歌剧院（Esplanade-Theaters on the Bay）

伊斯帕雷纳德—海湾歌剧院坐落在伊斯帕雷纳德码头（Esplanade Jetty）西边不远处的岸边，占地6公顷，是新加坡国家艺术表演中心，2002年10月12日落成。

这座大型建筑被戏称为像热带水果榴莲(durian),因此,当地人习惯称它为"榴莲"(The Durian)或"大榴莲"(The Big Durian)。

这座建筑物包括音乐厅、大剧院、露天剧院、演播室、美术馆、表演艺术图书馆和商场等。

音乐厅是当今世界上音响效果最好的5大音乐厅之一,四层,共约1600个座位。乐队平台可容纳120个演奏人员,舞台上面装有3大件可移动的、用来调节音响效果的声幕(acoustic canopy),每件重量17吨。音乐厅内装有一台4740根风管和61个缓冲器(stop)的风琴。

✽伊斯帕雷纳德-海湾歌剧院(中)

大剧院内有四层,2000个座位,是欧洲传统的马蹄形。它的设计,不但适合亚洲和西方艺术家的表演,而且也适合古典式、传统式和当代各种形式音乐会和表演。

新加坡摩天轮(Singapore Flyer)

新加坡摩天轮坐落在海洋中心(Marina Centre)东南端,占地33700平方米,高度165米,比"南昌之星"(Star of Nanchang)高5米,比"伦敦眼"(London Eye)高30米,是世界上最大的摩天轮,是新加坡人喜爱的设施之一。对观光者来说,乘坐摩天轮,可以观赏海湾、狮头鱼尾公园的绮丽风光,同时,45千米外邻近的马来西亚柔佛(Johor,Malaysia)和印度尼西亚(Indonesia)的巴淡(Batam)岛和民丹(Bintan)岛的自然景观,也隐约收尽眼底。

✽新加坡摩天轮

国会大厦(Parliament House)

新加坡新的国会大厦是新加坡著名建筑和地标，坐落在新加坡的闹市区。国会大厦的设计，体现出当代建筑艺术的宏伟壮观，尤其是那棱柱形的顶盖更是如此。

新国会大厦包括3座大楼：议院大楼、前楼和政府大楼，于1864年建成，曾一度与律师事务总所(Attorney-General's Chambers)大楼结合在一起。

国会大厦

中国城(Chinatown)

新加坡的华人大多数都集中在中国城。

中国城又称“牛车水”，内有清真寺(Mosque)街、塔(Pagoda)街、寺庙(Temple)街、丁加奴(Trengganu)街和史密斯(Smith)街。这些街道上有许多寺庙、传统的手工艺品商店、祠堂(clan house)、餐馆、店铺(shophouse)等。

中国城街道旁边的“骑楼”

新加坡靠近赤道，气候炎热，雨量充沛，因此，在中国城一些街道的两旁，仍然保留着“骑楼”的商店或楼宇。这种“骑楼”，既可遮阳，又能挡雨，便于“出门不带伞”的行人。其实，这种建筑，在东南亚各地，甚至作者故乡——广东阳江老城区中都随处可见。

中国城地铁站出入口

大洋洲 非洲 亚洲纵横游

❋佛牙寺正门

❋佛牙寺正门夜景

中国城的夜生活，丰富多彩。夜晚来临，人潮如涌，乡土味十分浓厚。

中国城内有地铁站，交通便利。

中国城综合大楼(Chinatown Complex)位于丁加奴街与沙葛街(Sago Street)的街角处。各种各样新鲜的水果、蔬菜和海鲜等都在此出售。

佛牙寺(Buddha Tooth Relic Temple)位于中国城南桥路288号(288 South Bridge Road Singapore 058840)，由释法照法师在2002年11月所建。除了供奉的释迦牟尼的佛牙供佛教信众参观外，也为公众提供服务。这座寺由按照唐代建筑风格而建。

斯里玛里阿曼寺庙(Sri Mariamman Temple)，位于南桥路244号(244 South Bridge Road)。寺庙供奉72尊印度教(Hindu)神像。

亚　洲

马来西亚

马来西亚由 13 个州和 3 个联邦区组成，陆地面积 329847 平方千米，人口约 2750 万（2010 年），其中约 2000 万人住在马来西亚半岛。首都吉隆坡（Kuala Lumpur）。

马来西亚旅游资源异常丰富，政府大力发展旅游观光业，旅游收入已成为该国主要外汇收入之一。

❋ 马来西亚国花处处可见

❋ 独特的红竹树

吉隆坡
Kuala Lumpur

吉隆坡是马来西亚的首都，是该国的最大城市，人口约 150 万，面积 243.65 平方千米。吉隆坡地处克兰谷地（Klang Valley），它的名字在马来语中意指"泥泞的汇合处"。1857 年，这座城镇在这里建立，现在，这里已是世界上著名的现代化城市，双子星塔楼是吉隆坡的地标。

大洋洲 非洲 亚洲纵横游

双子星塔楼
(Petronas Towers)

高耸入云的双子星塔楼坐落在吉隆坡的阿朋路(Jalan Ampang)大街附近,于1998年建成,高452米,共88层,是马来西亚一座国际知名的地标性大楼,也是一座国际性商业大楼。1998－2004年间,它是世界最高的塔楼。

双子星塔楼总投资16亿美元,共用13200立方米混凝土。每座塔楼的地基各用104根桩柱加固支撑。

双子星塔楼以八角星形结构,反映团结和谐的理念。塔楼装配一对伊斯兰教寺院的尖塔。在41层楼处连接的"空中桥梁",对旅游者来说是旅游观光鸟瞰全市的好去处。

❋ 双子星塔楼

国家英雄纪念碑
(National Monument)

国家英雄纪念碑是为纪念那些为保卫国家而阵亡的战士。1966年2月8日落成。每年这一天,纪念阵亡战士的典礼都在这里举行。

国家英雄纪念碑坐落在48562平方米的湖滨公园(Lake Gardens)内,由5个部分:纪念碑、喷泉、凉亭、战争纪念馆和周围的花园等组成。一座高15.54米的大型青铜雕像,安放在水池中央的平台上。围绕着青铜雕像的是水池,水池中有人工喷泉和水莲。

❋ 国家英雄纪念碑

独立广场(Independence Square)

❋独立广场一角

独立广场,又称梅达卡广场(Merdeka Square),位于吉隆坡市中心。在广场的周围,有许多历史性建筑:在广场旁边有苏丹阿都沙末大楼(Sultann Abdul Samad Building);在广场对面,则是1884年建成的著名的皇家雪兰莪俱乐部综合处(Royal Selangor Club Complex);广场南面,是前国家历史博物馆(National History Museum);在广场南面尽头,竖立着号称世界上最高的高达100米的旗杆;广场北面,则是马来西亚西部行政管理分部(Diocese)。

国家历史博物馆(National History Museum)

国家历史博物馆位于独立广场的南端,1891年建成。这座宏伟的摩尔式(Moorish-style)大厦曾是吉隆坡第一银行办公大楼。在第二次世界大战期间,这里曾被日本占领军作为通讯基地。1991年,大厦被改造为国家历史博物馆。

❋国家历史博物馆正门

❋国家历史博物馆侧面

大洋洲 非洲 亚洲纵横游

博物馆展品中,包括:旧石器时代的工具,新石器时代的陶器,以及巨石器时代的复制品,还有众多精美的青铜佛像。在博物馆二楼,按时间顺序,展出中世纪和殖民地时期,葡萄牙人和荷兰人入侵马六甲时所侵占的陶瓷制品、钱币,以及各式武器等。

国家皇宫(National Palace)

国家皇宫是马来西亚最高元首的官邸,坐落于吉隆坡西北部的大使路(Jalan Duta)上,占地96.52公顷,建筑面积28公顷。国家皇宫融合了马来和伊斯兰特色,分为礼仪区、生活区和行政区三个部分。

❋国家皇宫的岗哨 ❋国家皇宫的大铁门

❋国家皇宫

这座国家皇宫，2005年筹建，2007年动工。

帕特拉清真寺(Putra Mosque)

帕特拉清真寺是布城(Putrajaya)主要的清真寺，1997年开始建造，两年后建成。清真寺占地1.37公顷，耗资约2.5亿元马币。这座清真寺，无疑是布城的地标，也是世界上最现代的清真寺之一。

这座清真寺用玫瑰红花岗岩建造，用浅红色的花岗岩作为建造门窗和面板的装饰。祈祷大厅简朴优雅，由12根石柱支撑着直径36米的主圆拱顶。可容纳1万名祈祷者的祈祷大

❋寺内大厅

❋正门

❋帕特拉清真寺

厅,还可用于举行各种会议、讨论会和正式宴会后的酒会。清真寺前面的庭院,景色很美,可容纳5000人。

司法大厦(Palace of Justice)

司法大厦位于帕特拉清真寺附近,马来西亚上诉法院和联邦法院都在此办公。司法大厦的设计,受印度泰姬陵(Tai Mahal)、苏丹阿布沙末大楼和帕拉丁(Palladian)西方古典式建筑风格影响。这种设计,使大厦外观深奥难测,令人耳目一新。

✿司法大厦

天后宫(Thean Hou Temple)

天后宫坐落在市中心西南面山丘上,是马来西亚最大的一座中国式寺庙,建于1980年代。著名的女神妈祖(Ma Zu)像端坐在主大厅内。它的旁边,放有水尾圣娘(Sui Wei)雕像和观音(Kuan Yin)雕像。布袋和尚(Laughing Buddha)和道教(Taoist)神像,也都放置在这里。

✿天后宫的主圣祠及四角檐上的龙凤装饰

这座寺庙用金龙、凤凰和挂有大红灯笼的挑棚来装饰。

中国城(Chinatown)

中国城,面积不大,西邻汗·卡斯楚里路(Jalan Hang Kasturi),东连苏丹路(Jalan Sultan),北接札梅克清真寺(Masjid Jamek)和陈氏书院(Chan See Shu Yuen)。中国城是多条狭窄的街道和小巷的组合,内有许多中国式的小寺庙、商店、药店和咖啡店等。中国城的中心就是帕达令路(Jalan Petaling),这里熙熙攘攘,有许多平价商店、服装店、货栈、餐馆和小食店等。在这里经商的主要是中国商人,但也有印度商人、马来商人等。

✤ 今日中国城一瞥

黑风洞(Batu Caves)

黑风洞位于吉隆坡北郊 13 千米处,1892 年发现,是一个石灰岩溶洞群,石灰岩面积 255 公顷,洞穴 20 多处,包括黑洞、光洞和神庙洞等,其中以黑洞和光洞最著名。黑洞,阴暗凉快,小径陡峭蜿蜒,长达 2 千米,栖息着大量的蝙蝠、白蛇和蟒蛇等

✤ 光洞内景观(一)

✤ 光洞内景观(二)

❋黑风洞入口及洞前广场

150多种动物。光洞紧邻黑洞，高50~60米，宽70~80米，阳光从洞顶孔穴射入，洞内隐约可见。神庙洞在光洞附近，洞中有1892年建的印度教寺庙，供奉着苏巴玛廉神。山下有洞窟艺术博物馆。

在黑风洞地面广场入口处，竖立着一尊高为42.7米的金光闪闪的印度教神像，它是现今世界上最高大的鸠摩罗（Murugan）雕像，引人注目。

马六甲
Malacca

马六甲是马六甲州的首府，面积1664平方千米，人口788706人（2010年），位于马来半岛（Malay Peninsula）南部，邻近马六甲海峡（Straits of Malacca），马六甲河穿城而过，离首都吉隆坡东南148千米。这座历史名城，被联合国教科文组织（UNESCO）于2008年7月7日列为世界遗产地（World Heritage Site）名录，是世界上一座多姿多彩、最具有吸引力的旅游观光城市之一。

❋马六甲海峡的航船

荷兰红屋(Stadthuys)

❋荷兰红屋

荷兰红屋,在17世纪50年代由荷兰人(Dutch)所建,曾是殖民时期的政府管理机构,现在它是城市历史和人种学博物馆 (Museum of History and Ethnography)。娘惹(Nonya)桌、中国明代(Ming)陶瓷制品、荷兰家具都在此展出。

在红屋后面还有一些多较小的博物馆,比如文学博物馆(Museum of Literature)、民主政府博物馆(Democratic Government Museum) 和西里·马六甲(Seri Melaka)博物馆。西里·马六甲博物馆曾经是殖民时期荷兰人和英国人总督的官邸。

基督教教堂(Christ Church)

❋基督教教堂

马六甲基督教教堂,又称圣保罗教堂(St. Paul's Church),位于城镇广场东面。这座鲜红色的教堂,是1753年荷兰人用来庆祝统治该城100周年而建。

葡萄牙城门(Porta de Santiago)

葡萄牙城门,亦称圣地亚哥城门(Port de Santiago),是当地幸存下来唯一的一座古城门。这座城门见证了16世纪初葡军为抵抗西班牙人入侵的一段的历史。

1512年,城门由葡萄牙总督阿方索·德阿布奎基(Alfonso de Albuquerque)所建。

大洋洲 非洲 亚洲纵横游

❋ 葡萄牙城门

❋ 圣保罗山

圣保罗山(St. Paul'Hill)

圣保罗山居高临下,俯视大海,曾是葡萄牙阿菲摩萨城堡(A'Famosa)所在地,圣地亚哥古城门(葡萄牙古城门)就屹立在山脚下。

山顶上曾建有圣保罗教堂(St. Paul's Church)。现在,这座圣保罗教堂已毁,只保留多个石墓和16世纪耶稣教团创始人圣富兰西斯·哈韦尔(St. Francis Xavier)的

❋ 从圣保罗山远眺马六甲海峡

空墓。

在圣保罗山主入口的外面,有一座被遗弃的19世纪的灯塔和一座于1952年竖立的圣富兰西斯·哈韦尔雕像。

海事博物馆(Maritime Museum)

海事博物馆位于码头路(Jalan Quayside)。博物馆展出从15世纪马六甲苏丹领地(Malacca Sultanate)直至葡萄牙人、荷兰人和英国人的殖民统治时期的文物。

在海事博物馆对面,有一座马来西亚皇家海军博物馆(Royal Malaysia Navy Museum),展出军服、勋章、国徽、徽章、船舶模型等。

✱皇家海军博物馆

观音庙(Kuan Yin Temple)

观音庙,又称宝山亭,是马来西亚最古老的中国寺庙,始建于1646年,后经重新装修,是一座用马来西亚楠木建造的木结构寺庙。

✱观音庙

三宝井(Hang Li Poh's Well)

三宝井,在中国山上。郑和下西洋时曾驻扎于此,并曾在山上散步。在这座山上,有许多华人公墓。相传这口三宝井,为郑和所掘。

✱三宝井

✺ 山脚下缆车车站　　✺ 缆车在运行　　✺ 热带雨林中狭窄崎岖的登山小路

云顶高原度假村(Genting Highlands Resort)

闻名于世的云顶高原度假村,位于彭亨(Pahang)州和雪兰莪(Selangor)州之间的铁铁旺沙山脉(Titiwangsa Mountains)中,周围山峦重叠,热带雨林郁郁葱葱。这里有完善的娱乐设施和赌场,是马来西亚人最喜爱的避暑胜地。山顶最高海拔为1860米。

云顶高原度假村有6个大酒店:马詹斯(Maxims)大酒店、云顶大酒店(Genting Hotel)、高原大酒店(Highlands Hotel)、度假村大酒店(Resort Hotel)、主题公园大酒店(Theme Park Hotel)和世界第一大酒店(First World Hotel)。在山顶上有2座公寓住宅,一个高尔夫球场,一处乡间度假村。

亚 洲

泰 国

泰国东邻老挝(Laos)和柬埔寨(Cambodia),南面是泰国湾和马来西亚(Malaysia),西连缅甸(Burma)和安达曼海(Andaman Sea)。面积51.3万平方公里,人口约6670万。

泰国位于东南亚中心。从地形上划分为四个区域:北部山区、中部平原、东北部高原以及南部半岛,地形多变。

泰国属于热带季风气候,全年只有三季:热季(2月中旬—5月中旬)、雨季(5月下旬—10月中旬)和凉季(11月—次年2月中)。常年温度18℃,平均年降雨量1000毫米。11至2月受较凉的东北季候风影响,比较干燥;3月至5月气温最高,可达40℃~42℃;7月至9月受西南季候风影响,是雨季;10月至12月,偶有热带气旋,从南中国海(South China Sea)经过中南半岛,吹到泰国东部,但在泰国湾形成的热带气旋为数甚少,气温一般在20℃~35℃左右。

农业是泰国传统经济产业,农业人口约1530万人。全国可耕地面积约1.4亿莱(1莱=1600平方米),占国土面积的41%。主要农作物有水稻、玉米、木薯、橡胶、甘蔗、绿豆、麻、烟草、咖啡豆、棉花、椰子等。

❋ 曼谷国际机场大楼

大洋洲 非洲 亚洲纵横游

曼谷
Bangkok

曼谷的泰文意为"天使之城",坐落在泰国最大的河流——湄南河(Chao Phraya River)下游东岸,面积1568平方千米,人口800多万。曼谷是泰国的首都,也是泰国最大城市,至今仍保留着众多名胜古迹:金碧辉煌的大皇宫、镂金镶玉的玉佛寺、庄严肃穆的金佛寺等。

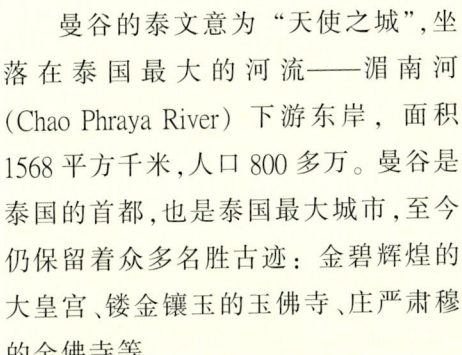

❋沿途随处可见的大小寺庙

玉叶摩天大楼
(Baiyoke Sky Tower)

玉叶摩天大楼(Baiyoke Sky Tower)高309米,78层。在观景台上,可俯视曼谷市区绮丽风光。

❋在玉叶摩天大楼顶俯视曼谷市区

民主纪念碑
(Democracy Monument)

民主纪念碑位于曼谷帕拉查路(Pracha Thipok Road)和拉查·担奴恩·卡朗路(Ratcha Damnoen Klang Rd)交会处,于1939年建成。

❋民主纪念碑

>> 133 <<

✳ 艺术王国外景

"艺术王国"(Throne Hall)

"艺术王国"是皇帝拉玛五世（King Rama V）于 1907 年建成，可作为皇室和政府官员公务活动的场所，内部珍藏着很多稀世之宝、金银首饰。

✳ 艺术王国圆拱顶及油画

大皇宫(Grand Palace)

大皇宫坐落在湄南河东岸老城中心，四周有长达 1900 米的白色围墙和护城河，占地约 22 万平方米，这里共有 22 座参差不齐的古建筑群，包括查克里·玛哈·帕拉撒殿(Chakri Maha Prasat Hall)。大皇宫是传统的木制建筑，建于 1782 年。大皇宫建筑群汇集了泰国建筑、绘画、雕刻和园林艺术的精华，带有浓厚的泰国特色。

今天，大皇宫里的查克里·玛哈·帕拉撒殿，仍被用于举行国宴和大使呈递国书的场所。所有最重要的庆祝活动，以至国王的寿诞等都在这里举行。

❋ 大皇宫查克里·玛哈·帕拉撒殿外景

玉佛寺（Jade Buddha Temple）

玉佛寺位于大皇宫东北角，相当于大皇宫面积的1/4，建于1782年，是皇室举行重要仪式的场所。玉佛寺最外围的围墙是白色，内墙绘有罗摩耶那（Ramayana）史诗和拉玛坚（Ramakien）神话场景。在玉佛寺内，就有几尊这个神话的大型神像。

❋ 主殿附近的祭坛

玉佛寺内的所有建筑，都用加高的白色大理石基座和光彩夺目的镶嵌工艺（mosaic）来装饰。在主殿北面，有三座佛塔：纯泰式藏经阁（Phra Mondop）、锡兰（Ceylon）式的金色舍利佛塔（Shelifota－Phra Sri Ratana）和高棉式的皇室宗庙（Prasat Phra Debidorn）。

❋ 金色舍利塔与藏经阁（右）

金佛寺（Golden Buddha Temple）

著名寺庙"金佛寺"，又称"黄金佛寺"，为泰国三大国宝级寺庙之一，位于曼谷雅瓦拉特路（Yaowarat Rd）和查洛恩·卡隆格路（Charoen Krung Rd）的交会处。据说，这座

❋ 金佛寺外景

寺庙由三位华人集资建成,故又称"三华寺"或"三友寺"。

金佛寺因供奉一尊世界最大的金佛而闻名,这尊用纯金铸成的如来佛像,重5.5吨,高近4米,传说有700或800年的历史,金光闪闪,庄严肃穆,是泰国素可泰(Sukhotha)时期的艺术品。

四面佛(Four Faced Buddha)

❋ 四面佛的平安面及敬拜的人们

四面佛位于曼谷市中心爱侣湾附近,邻近君悦酒店和崇光百货,是曼谷著名的旅游观光胜地。每日,都有许多来自世界各地的信众前来参拜。

四面佛有四张面孔,分别面向东南西北,供信众祈福。由于外形近似佛教的佛像,因此在中文中通称为四面佛。泰国各地四面佛的造型是不固定的。从脸和手的数量来看,多数为四面八手,四面分别代表平安(正面)、事业(左面)、婚姻(后面)和招财(右面),或代表慈、悲、喜、舍。

中国城(China Town)

中国城位于曼谷最古老的城区。游客如果想游览曼谷中国城,可从泰·拉扎旺码头(Tha Ratchawong Pier)出发,向北沿着拉扎旺路(Ratchawong Road)步行,沿途随处可见银行和经商的木屋。继续前行450米，经过一条小路，可见著名的商朋巷（Sampeng Lane）。

商朋巷挤满了中草药店、布店、玩具店和鞋店。由此继续前行，到达第一个交叉路口，就是黄金交易所（Gold Exchange）所在地，它是商朋巷所有建筑物中最鲜明突出的一座楼宇。从前，这里是黄金贸易的中心，现在则是黄金戒指、手镯和耳环的交易场所。

越过黄金交易所，到达下一个街口，向左转入伊莎拉纽发巷（Issaranuphap Lane），然后向右，转入小巷，进入塔拉特·卡奥—旧市场（Talaht Kao—Old Market）处。这里是曼谷中国市场中最古老的农产品市场。

离开这里，继续往前走，就到达著名的卡拉瓦寺（Wat Kalawa）—神圣玫瑰园教堂（Holy Rosary Church）。

❋ 曼谷中国城内的银行及小摊

❋ 曼谷中国城内的餐馆

❋ 曼谷中国城内的金店

芭提雅
Pattaya

芭提雅属春武里府，位于曼谷东南约150千米处，人口约10万，面积约20平方千米。从曼谷出发，沿苏库威高速公路（Sukhumvit Highway）两小时就可到达芭提雅。每年众多的国际会议在此召开，每年接待游客100多万人次。在许多人的心目中，它是泰国最封闭的乐园。

现在，芭提雅已是一个新兴的旅游城市，有着东南亚风格的海水、阳光、沙滩和蓝天，被誉为"东方夏威夷"，或"海滩度假乐园"，特别是距离芭提雅9千米处的珊瑚

❉ 芭提雅海滨风光

岛，四周沙滩沙白细绵，水清见底。

　　长达40千米的芭提雅海滩，阳光明媚，天蓝水绿，是良好的海滨游泳场。海上滑水、冲浪等水上娱乐活动新奇刺激。海滩南端的可兰岛，游客可乘坐透明长尾船，欣赏海底五光十色的珊瑚奇景和热带鱼。

珊瑚岛（Coral Island）

❉ 珊瑚岛海岸风光

　　珊瑚岛是芭提雅海岛群中最有魅力的海岛。从芭提雅到珊瑚岛，乘船约需45分钟。珊瑚岛月牙般的沙滩拥抱着蔚蓝清澈的海水，沙滩沙粒洁白松软，水质洁净，可透视水深达数米之下的海底生物。沙滩上排满了沙滩椅和色彩艳丽的太阳伞，给人一种舒适宁静的感受。

四方水上市场（Floating 4 Market）

　　四方水上市场是泰国旅游局规划的，集中了泰国北部、东北部、中部、南部的建筑特色的一个水上市场。市场上各式各样的小商品、手工艺品、纪念品，多姿多彩，目不暇接。穿梭来往的小艇上，堆满了各式新鲜水果。

　　该市场距离市中心较近，交通方便，前来游览的旅游者络绎不绝，如今已演变成一个专供旅游者游览购物的"水上集市"。小河两岸那一家家水乡居民的住宅和小商店，构成了一幅令人备感亲切的水乡风景画。这里与中国周庄等江南水乡那种"小桥流水"的乡土风情，大有异曲同工之妙。

❉ 河道旁边琳琅满目的工艺品
❉ 水上市场的木桥与小艇

东芭乐园

从芭提雅海滩乘车约15分钟即到达东芭文化村。这是一个大型现代化公园,园内建有苗圃和热带植物园等,鸟语花香,环境幽雅。公园内有湖,可供游客划船,还有大型游乐场所,有民俗文化歌舞表演、大象表演及猴子摘椰子等精彩节目。

❋ 东芭乐园一角

民俗文化歌舞演出,极具泰国民族特色,豪华壮观,绚丽多彩,尤其是演出后期的大象表演,更是举世稀奇,令人流连忘返!

大象是泰国的"吉祥物",寿命约125岁,日食2吨食物,它没有胃,食入等于食出,以椰子壳、蛇和香蕉为主食。它很有灵气,很聪明,并不"笨",甚至还可以用鼻子画画。

世界珠宝博物馆(World Gems Museum)

泰国是世界上宝石的著名产地。泰国世界珠宝博物馆有一只全部采用水晶拼装而成的大孔雀,栩栩如生,绚丽多彩,令人惊叹不已!据说,目前在泰国共有10只这样的水晶孔雀。这只孔雀的价值为380万铢,折合美元为10多万美元。

博物馆首饰展厅,五彩缤纷的宝石,尤其招引女士的关注与喜爱。在这里出售的宝石,都有"国际认证"(ISO-9001),因此,不用担心真假或质量问题。

骑大象(Elephant Riding)

在离芭提雅以北34千米的暹罗(Chang Siam)大象广场处,游客可在丛林中在大象背上亲身体验骑大象的快感,享受泰国独特风情的乐趣。

❋ 多么难得的乐趣

亚洲

柬埔寨

柬埔寨位于亚洲中南半岛南部，东与东南同越南连接，西和西北与泰国（Thailand）毗邻，西南濒临泰国湾（Gulf of Thailand），北部与老挝（Laos）相接。面积181035平方千米，人口14805358（2011年）。湄公河自北向南横贯全境，海岸线长约460千米。柬埔寨经济以农业为主，工业基础薄弱。

柬埔寨首都是金边（Phnom Penh），主要城市有暹粒（Siem Reap）、马德望（Battanmang）和西哈努克市（Sihanoukville）等。举世闻名的吴哥古迹，就在靠近暹粒的地方。

柬埔寨地处低纬度地区，属热带气候，5—10月是夏季，气温徘徊在33℃左右，雨量充沛。11—4月是冬季，气温在25℃～32℃之间，是最佳旅游季节。

暹粒
Siem Reap

暹粒市是柬埔寨暹粒省的首府，位于金边北约311千米处，距离泰国边界152千米，人口约8000人。与喧闹的金边相比，这里显得安静而安全。吴哥窟古迹位于暹粒市北郊。

❋ 酒店内部花园及游泳池

西哈努克国王行宫

皇家独立花园

暹粒市为旅游观光城市,有多个星级酒店,基础建设比较薄弱。市内交通工具有出租汽车、人力三轮车和机动三轮车。

市中心有西哈努克国王行宫、皇家独立花园、老市场,还有许多出售柬埔寨宝石和特产的高级珠宝店和手工艺品商店。吴哥购物中心出售各种镶嵌红宝石、蓝宝石的项链及戒指,还出售黑木雕沉香和其他土特产。

吴哥窟
Angkor

世界七大奇景之一的吴哥窟(简称吴哥),原是柬埔寨古城,是9—15世纪高棉帝国的国都,最盛时人口达数十万人,占地9平方千米,包括各朝建立的古都遗迹:苏利耶跋摩一世重建的空中宫殿,乌达雅地耶跋摩二世(Udayadityavarman II)建立的巴普昂寺,遮耶跋摩七世建立的巴戎寺(Bayon)、象群台和癞王台等。

公元802年,吴哥窟开始建造,历时400年完成,包括大吴哥(Angkor Thom)、小吴哥(Angkor Wat)和塔普伦寺(Ta Prom)等部分,与中国的长城、埃及的金字塔和印度尼西亚的婆罗浮屠并称为东方四大奇迹。吴哥窟是柬埔寨的祖先留给后人最珍贵的遗产。

1992年,吴哥窟被联合国教科文组织(UNESCO)列为世界文化遗产。

大吴哥(Angkor Thom)

大吴哥曾是高棉帝国(Khmer Empire)的首都,面积约10平方公里。在大吴哥中心有一个扎雅瓦曼的豪华巴戎寺(Bayon),其周围寺庙都与皇宫连成一体。

大吴哥位于洞里萨湖(Tonle Sap)支流、暹粒河(Siem Reap River)的西边,离该河约0.4千米。大吴哥南门,在暹粒(Siem Reap)北面7.2千米,离小吴哥(Angkor Wat)北面入口1.7千米。城墙高8米,侧面有护城河。这些城墙都是由红土(laterite)砌筑而成

大吴哥采用巴戎寺的建筑风格,工程规模宏大,广泛使用红土,每个入口处都有正面塔,每个塔都有蛇神那加(naga)巨型雕像。

大吴哥每个城角,都有一个神龛(shrine),用砂岩建造。这些神龛和中心高塔,都是十字形的,都指向东方。

南门(South Gate)

南门是至今保存完好的一座大门,也是旅游观光者去大吴哥的主要出入口。在门前西侧,有一排印度神话中的神像(deva)。在门前东侧,有一排亚述古国(Assyrian)的神像(asura)。在大门人行道侧面,有154个石像:左侧是神像,右侧是凶猛的动物,每个动物都携带着一条大蛇。南门本身高度23米,大门上部竖立着3个尖塔,并有四面巨石笑脸,各自凝视着前方。大门两侧,还装饰着印度寓言中三头大象的石腿。

✻ 进出大吴哥的南门

✻ 从南门至大吴哥一路上的人流与车流

大洋洲 非洲 亚洲纵横游

巴戎寺(The Bayon)

巴戎寺位于大吴哥内,是大吴哥最令人惊奇的建筑之一,外形像金字塔。这座寺庙,建立在山丘上,分三层,共有54个尖塔,由216块巨石支承。巴戎寺内所有尖塔上,都有一座"四面佛"塔,张张笑脸凝视着前方。

❋ 巴戎寺附近的"四面佛"塔

巴绍戎寺(Baphuon)

巴绍戎寺是吴哥窟中众多寺庙中最宏伟的寺庙中之一。这座寺庙要经过200米长逐渐升高的人行道和四座门道才能进入。这些门道,采用浮雕来装饰。现今,这座寺庙不断地进行修复,有部分建筑物已经对公众开放。

❋ 巴绍戎寺正面

菲棉纳卡斯(Phimeanakas)寺

这座皇宫寺庙,在公元10世纪,由拉将德拉瓦曼皇帝二世(King Rajendravarman II)建成,后来又由扎雅瓦曼七世(Jayavarma VII)扩建。它曾一度与竖立在这里的金塔和一条石制的具有九个头的巨蟒蛇连成一体。这座金字塔形的皇宫,占地15公顷,基座呈长方形,由高5米红土的围墙所围绕,有5个出入口和台阶。在最上部的台阶上,可遥望该寺南面美丽的风光。

❋ 观光游客攀登木梯至菲棉纳卡斯寺顶部

❋小吴哥

小吴哥(Angkor Wat)

小吴哥是世界上最大的宗教寺庙遗址,有"寺庙城市"之称,公元12世纪建成。寺庙群整座建筑占地195万平方米,寺庙由五座宝塔做主体,以65米高的主殿为中央,内部供奉婆罗门教的太阳之王——毗湿奴神,当地人称为地球的守护神。

❋小吴哥中心区东北角的尖塔

塔普伦寺(Ta Prohm)

柬埔寨吴哥窟塔普伦寺(Ta Prohom),俗称"塔树",位于大吴哥东面约1千米处,始建于12世纪末至13世纪初。电影《古墓丽影》曾选择这里作为拍摄基地。

大洋洲 非洲 亚洲纵横游

❋ 丝棉树

❋ 千年古树

1992年,联合国教科文组织(UNESCO)把塔普伦寺列入世界文化遗产。现今,该寺是柬埔寨吴哥窟地区最受观光者青睐的景点之一。

洞里萨湖
Tonle Sap Lake

洞里萨湖,又称金边湖,俗称"大湖"(Great Lake),位于柬埔寨的心脏地带,像一块巨大的碧绿的翡翠,镶嵌在柬埔寨的大地上。

洞里萨湖是东南亚最大的淡水湖,在金边与贯穿柬埔寨的湄公河相汇合。该湖的独特之处是:每年有两次改变水流方向,并且因季节不同而使湖面显著地增大或缩小。洞里萨湖浩瀚无边,天水一色,风光明媚,该湖是柬埔寨的"生命之湖"。

❋ 湖上小艇

❋ 湖边码头

亚 洲

越 南

越南位于东南亚中南半岛东端,东临北部湾和南中国海,西邻柬埔寨和老挝,北接中国云南及广西,面积约 33 万平方千米,人口 8616 万人(2008 年)。

越南气候属热带季风气候,湿度年平均约为 84%,年降雨量约为 120—300 毫米,年气温 35—37℃。

 越南地理位置简图

越南的野生动物种类繁多,资源丰富,特别是中南大羚、越南金丝猴、安南龟、爱氏鹇、越南鹇、皇鹇和越南鳅等。

河内
Hanoi

河内是越南首都,面积 920 平方千米,人口约 350 万,是越南第二大城市,位于越南北部,红河三角洲西北部。河内是越南的工业、文化中心,同时,也是越南历史古都,已有 1000 多年历史,市区历史文物丰富,名胜古迹遍及,古迹众多。

胡志明陵墓(Ho Chi Minh Mausoleum)

胡志明陵墓位于巴亭广场(Ba Dinh Square)中央,1973年9月2日开始兴建,1975年8月29日落成。陵墓除了融合鲜明的越南建筑多种元素,如斜屋顶之外,还融合了莫斯科列宁陵墓所赋予的灵感。陵墓内部由灰色花岗石嵌砌,同时,采用经过打磨的灰色、黑色和红色石块。陵墓的横向门廊上,铭刻着越文"Chu tich Ho Chi Minh"(胡志明主席)几个醒目的大字。

✻ 胡志明陵墓

陵墓高21.6米,宽41.2米。陵墓侧面,各有7级观礼台。陵墓前面的广场,用小路分割成240块独立的绿色小方块。环绕着陵墓的各个花园,种植着约有250种来自越南各地的花草。

镇国古寺(Den Ngoc Temple)

✻ 西湖中镇国古寺大门

西湖位于河内西北,为河内第一大湖,是著名风景区。西湖面积5平方千米,环湖道路长17千米,湖中最深处为3.4米。

河内的西湖,每当桃花盛开季节,游人络绎不绝。过去沿湖布满王室贵族的宫亭楼阁,因历代战争已全被毁坏。今日西湖湖岸,唯一可供游览的是镇国古寺。

镇国古寺建于6世纪,一直是各朝的行宫。它不仅是河内西湖边最漂亮的古建筑,也是现在河内香火最旺的寺庙。

殿内香客众多。在"镇国古寺""法佛僧"的牌匾下,是一排排金灿灿的佛像,十分壮观,两边是"神功莫测"匾下的红脸红袍神和"正气英威"匾下的红脸绿袍关公,旁边还有"慈仁广大""天龙献瑞""依正庄严"等匾牌,金碧辉煌。

❋11层楼高的白佛红塔

还剑湖(Hoan Kiem Lake)

还剑湖,又称小湖,原名绿水湖,因越南国王黎利(Le Loi)在这里送剑还剑传说而改为现名。

还剑湖面积约12公顷,南北狭长,呈椭圆形,平均深度1.2米,最大深度2米,这里四周树木苍翠,湖水清澈如镜。当地人到湖边晨练,在湖边垂钓、聊天,晚上湖边的长椅都坐满了人。这里是健身、休闲、娱乐和交往的好去处。

❋还剑湖和湖内的龟亭

大洋洲 非洲 亚洲纵横游

❋ 砚台门楼

❋ 得月楼

玉山祠(Ngoc Son Temple)

玉山祠位于还剑湖畔东北侧,重建于19世纪。

玉山祠把寺、亭、台、塔、桥、岛和湖融为一体,具有中国和越南特色的古代建筑,体现天人合一的特点。在大门牌楼、砚台牌楼和得月楼等处分别附有中文对联,非常贴切。

在得月楼的主寺庙内,有文昌帝等神像,前来祭拜者甚众。在其侧厅,展出一个巨型神龟(模型)。传说,这就是当年前来送剑和索剑的那个神龟。这头神龟,身长2.1米,宽1.2米,体重250公斤。

国子监文庙(Temple of Literature)

国子监文庙,于1070年9月建造,用来祭祀孔子、儒教先贤和越南教育界德高望重的国子监司业朱文安。

国子监文庙面积54000平方米,纵深306米,前宽61米,后宽75米。共有五个区域:其一是正门,上有"文庙门"三个大字。其二为大忠门,随后为奎文阁,附近有两个四方形的大水池,长满莲荷。其三是天光井,位于奎文阁

❋ 文庙门

到大成门之间,是一个大方池。该池两旁是进士碑,现存的82块进士碑,上面刻着1306位进士(1442－1779年)的名字。其四是正庙(大成殿)区,庙前有一个宽阔的广场。大成殿两侧是右厢房和左厢房。广场的尽头是大拜殿及后宫,在这里,珍藏着很多珍贵的文物,其中有一副"古今日月"和康熙皇帝题赠的"万世师表"匾额,入内端坐着孔子坐像。其五,在大成殿后面,现有两层建筑:底层用来祭祀国子司业朱文安,国子监的立体模型和过去官服、书匣子(书包)、教科书、文房四宝等。上层则是用来祭祀三位圣贤雕塑像的殿堂。

水中木偶表演

❋ 水中木偶戏正在演出中

在还剑湖湖畔的水中木偶剧院每晚演出的水中木偶戏,是越南人引以为傲的一项传统艺术,也是世界上独一无二的表演艺术,已存在1000年。它的表演方式,是在水池中搭起舞台,由隐藏在后台竹帘的演员,利用其强劲的臂力,巧妙地用长线或竹竿操纵着木偶,使之呈现出各式各样的栩栩如生的美妙动作,看后令人大开眼界,赞不绝口!

越南水中木偶戏,源自红河三角洲,在18世纪时达到高峰,曾一度衰落。如今,这种水中木偶戏,已受到越南社会的重视,并在国际文化交流上发挥重要作用。

❋ 终场前部分木偶演员,偕同部分木偶分批同台亮相

河内见闻点滴

❋ 鲜艳美丽的各式各样的越南旗袍

越南旗袍。在越南,在正式的礼仪场合,妇女们都很喜欢穿着有越南"国服"之称的越南旗袍。就像日本和服深受中国唐装影响一样,最初的样式借鉴了中国汉服的特点,其雏形脱胎于中国旗袍。它的质地通常为丝绸,上装胸、袖较紧,两侧开衩。

大洋洲 非洲 亚洲纵横游

✤ 华人开设的餐馆（最高的一座）

✤ 河内市街道两旁普通楼房

✤ 管子屋

✤ 河内老街傍晚时的摩托车

炸春卷、米粉与牛肉面。河内很多餐馆，在门前都放置菜单和标价。菜单一般用越语、法语和英语书写，标价用美元和越南盾。菜的分类也类似于西餐，唯一保留的习惯是使用中式餐具。华人到越南旅游一般到中餐馆或越式餐馆用餐。这些餐馆经常有炸春卷、米粉与牛肉面等供应。

管子屋。河内的建筑具有既古朴又现代与坚固耐用的建筑风格。河内古建筑，主要集中在古街区。这里，街道都是高矮不一的草顶或尖瓦屋顶，街街相连。建筑多为三开间，多层次布局，以天井相隔，适宜于做小生意。有的房屋只有几米宽，但高达二三层或七八层，深至几十米，因而，它被称为"管子屋"。房屋都有良好的采光及通风。河内的古建筑都是管子式建筑，这是一种仅是越南古都市才有的特色建筑。

汽车、摩托车、自行车与人力三轮车。在河内，汽车、摩托车、自行车与人力三轮车，共同构成人车混合、杂乱无章的交通风景线。无论是在闹市中心，还是在偏僻的小巷，可见一辆辆五颜六色、品牌不一的摩托车穿梭而过。

✿摩托车并不比运货汽车逊色

✿长长的物资又何妨

下龙湾
Halong Bay

　　下龙湾位于越南东北部,离河内180千米,属于北部湾的一部分,靠近中国边境,面积1553平方千米,海岸线长120千米。

　　下龙湾属湿热带气候,夏天湿热,冬天干燥寒冷,年平均温度为15℃~25℃,年降雨量2000~2200毫米。海湾中密集地分布着约2000座石灰岩岛屿。海湾中心面积334平方千米,密布着775个孤岛。这些岛屿都是分离的,一般高出海面50~100米。这些岛屿地貌的多样化,造成了生物的多样化。

　　下龙湾的每个岛屿,都覆盖着浓密的丛林植被。其中一些岛屿拥有巨大的洞穴。天宫洞和木桩洞是下龙湾海岛中最著名的山洞。山洞内拥有无

✿下龙湾(该照片取自网络)

❋ 奇形怪状的海岛遍布下龙湾

数的钟乳石和石笋。

1994年12月17日，在泰国举行的世界遗产委员会第18次会议上，下龙湾被列为世界遗产，成为越南最受欢迎的旅游景点之一。

天宫洞(Thiem Cung Grotto)

天宫洞位于下龙湾的西南面，是下龙湾最漂亮的山洞之一。在去天宫洞的路上，有茂密的树林，沿途随处可见许许多多美妙的钟乳石和石笋。

在山洞的东面石壁上，有一幅雄伟庄严的"壁画"。在山洞中心，还有四根大石柱，从地基到顶部，支撑着"天国之顶"(Roof of Heaven)，石头上许多奇怪的形象，非常逼真，比如：飞鸟、游鱼、花

❋ 下龙湾的独石（岛）何其多！

❋ 天宫洞山洞入口

卉，甚至是人类生活的情景。

在山洞高高的穹顶下面，有许多钟乳石，形成一席天然的石帘。在附近，有时还能听到由于风吹石头所造成的击鼓声。

❋下龙湾天宫洞内钟乳石与石笋

到达山洞的底部，可见到终年涌出的潺潺溪流，在这里，有三个狭小的清水池。从天宫洞出来，可以立即看到一个独特的、精致的天然艺术博物馆。

胡志明市
Ho Chi Minh City

胡志明市距离河内1760千米，平均海拔19米，面积2095平方千米。人口710多万人（2009年），是越南最大城市，也是越南五个中央直辖市之一。

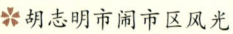
❋胡志明市闹市区风光

奔腾市场(Ben Thanh Market)

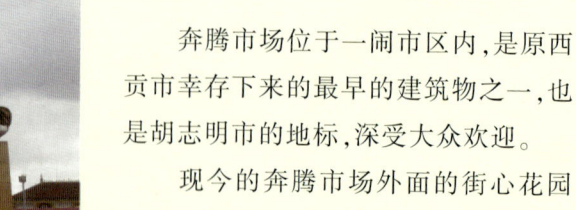

奔腾市场位于一闹市区内，是原西贡市幸存下来的最早的建筑物之一，也是胡志明市的地标，深受大众欢迎。

现今的奔腾市场外面的街心花园及其连接的多条街道，车水马龙，热闹非凡。在河内所见到的景观，比如：摩托车流、管子屋、街边小摊等，在这里都能见到。

❋奔腾市场附近的街心花园

大洋洲 非洲 亚洲纵横游

胡志明市人民议会大楼(HCMC's People Committee Building)

胡志明市人民议会大楼,即原西贡市市政厅,建于1902—1908年,是一座具有浓厚法国殖民地风格的建筑,1975年以后,改为现名。该大楼只有二层,线条简洁,外墙为明快的黄色,以西方神话人物和法国英雄人物形象为主要题材的雕塑遍布廊柱、门框、屋檐等部位。晚上,大楼灯火通明。在大楼附近公园,竖立着一座胡志明主席和女孩子看书的雕像。

✻ 胡志明市人民议会大楼一角

✻ 胡志明市人民议会大楼夜景

>>155<<

邮政总局（General Post Office）

✽邮政总局大楼

胡志明市邮政总局位于市中心第1郡，与西贡王公圣母教堂相邻，是胡志明市著名地标之一。

邮政总局，由法国建筑师古斯塔夫·埃菲尔（Gustave Eiffel）设计和建造，于1886－1891年兴建，1892年正式启用。建筑风格充满法式风情，与附近景观互相协调。邮政总局内部相当宽敞，以简单的绿色铁条装饰包住排水管。胡志明主席的巨幅彩色画像，放置在大厅正中墙壁上，两旁的墙壁上，则是越南的旧地图。旧地图下，则是提款机房。邮政总局大厅中间及两侧，还设有各种普通邮票、纪念邮票、钱币、工艺品、小礼物和纪念品等摊位和小卖部。游客和购物者络绎不绝。

市立歌剧院（Municipal Theatre）

市立歌剧院位于市中心第1郡。歌剧院外形很像巴黎歌剧院（Opera Garnier）。歌剧院1898年动工，1900年落成，有1800个座位。所有的雕刻、舞美和家具陈设的设计，都由法国艺术家设计和制作。

圣母大教堂（Notre Dame Cathedral）

圣母大教堂位于市中心西贡区，在市立歌剧院附近。

✲市立歌剧院（夜景）

✲统一宫

✲胡志明市圣母大教堂

教堂宏伟壮观，有许多精美绝妙的雕刻，很像意大利佛罗伦萨（Florence）圣母大教堂。该教堂战争年代没有被毁坏，仍然保持着一个世纪前的风貌。教堂正面有两座尖塔钟楼，高 58 米。在教堂前面的广场花园内，竖立着一座重 4 吨的圣母玛利亚（Virgin Mary）雕塑像。

统一宫（Reunification Palace）

统一宫，是前南越总统府，位于市中心 1 区，占地 12 万平方米，建于 1869 年，是一座长方形白色建筑，算不上豪华，其外部是一片大草坪和高大的乔木，四周有围墙环绕着，中间有一对白色铁栅大门。在越战时期，这里是南越政府和美军司令部。

中国城（China Town）

越南约有 100 万华侨，河内和胡志明市各约占一半。胡志明市拥有世界上最大的唐人街——堤岸（Cholon），居住着约 50 万华侨，故堤岸又有“小香港”之称，是个

❋宾太市场

❋中国城的华人商店

名副其实的"中国城"。

在堤岸，中国式生活气息很浓，拥有一座大型的宾太市场(Bin Tay Market)，以及众多南北口味的中国餐馆。糕饼店、书店、杂货铺、理发店到处都是，招牌几乎都是中越文对照。目前，生活在堤岸的华人，多数已加入了越南籍，成为华裔越人。他们的祖籍以广东、广西和云南等省居多，广东话成为堤岸的通用语言。现今，在堤岸建有许多中国式的楼房屋宇，街道纵横交错，而且还有很多由华人所建的中文学校、医院及寺庙。

湄公河(Mekong River)两岸风情

湄公河在中国境内称澜沧江，流入中南半岛后始称湄公河，意为"众水会聚之河"，是东南亚一条国际河流，有"东方多瑙河"之美称。干流全长4180千米，发源于中国青海省玉树藏族自治州杂多县，流经中国、老挝、缅甸、泰国、柬埔寨和越南，最后从越南入海。

❋坦他渠道游艇上的游客

大洋洲 非洲 亚洲纵横游

✽ 湄公河上的斜拉略米大桥

古芝地道(The Tunnels of Cu Chi)

古芝地道,全长 250 千米,以人工挖掘而成。越战时,越南人为避开美军炮火,挖地道居住,以此为家。现今,古芝地道已成为游客观光的重点。

古芝地道现今保留 121 千米,并保留滨药(Ben Duoc)和滨亭(Ben Dinh)两个出入口处。2004 年 12 月 15 日,古芝地道被定为国家级历史遗迹。

✽ 古芝地道入口

古芝地道建造在橡胶树林中,既缺少阳光、空气和水,又有很多蚂蚁、毒蜈蚣、蝎子、蜘蛛等害虫。可见生活在地道里的人们条件是何等的艰苦!不仅如此,由于美国飞机的轮番轰炸和坦克的辗压,最初约有 16000 人在地道里生活,最后只剩下约 600 人。

亚 洲

日 本

日本是一个岛国，西邻日本海(Sea of Japan)，北接鄂霍次克海(Sea of Okhotsk)，西南望台湾。面积377944平方千米，由6800多个岛屿组成，4个最大的岛屿是本州(Honshu)、北海道(Hokkaido)、九州(Kyushu)和四国(Shikoku)。人口1.27亿。

✿日本地理位置简图

东京
Tokyo

东京是日本的首都，位于本州岛东南面的关东(Kanto)地区，面积2187.66平方千米，人口1300万，是世界大都市之一。

东京地处潮湿的亚热带，夏天湿热，平均温度为27.5℃，冬天温暖，平均温度为6.0℃。年平均降雨量为1530毫米，夏天多雨，冬天干燥。

大洋洲 非洲 亚洲纵横游

东京是东京大都会（Great Tokyo Area）的中心，是日本铁路、地铁和空中交通的枢纽。

银座（Ginza）

银座素有东京"心脏"之称。因江户时期，德川幕府曾在此铸造银子而得名。银座，与巴黎的香榭丽舍大街、纽约第五大街齐名。

银座是东京著名的高端购物区，有许多百货商店、时装用品店、镶嵌珠宝的日用品店、餐厅和咖啡厅。许多高端时装旗舰（flagship）店都集中于这里。

银座还是众多本土品牌的发源地。贯穿银座1丁目至8丁目的中央大道，是日本"一百名道"之一，是银座最繁华的街道。

松下中心（Panasonic Center）

日本松下电工株式会社（Panasonic Electric Works Co. Ltd.）的电子产品，在当今世界仍居领先地位。

松下的目标就是要变成一个"绿色革新公司"，以地球的"生态学"为理念，革新人们的生活方式和商业活动。中心有产品展出。

松下中心有四个大展厅：舒适生活方式展厅（1F），感受生活家电的展厅（2F），照明和电器设备的展厅（B1F），B2F厨卫、内部装潢材料展厅（B2F）。

✻ 中央大道中间的休闲坐椅

✻ 银座中央大道与六丁目交接处

✻ 松下中心大门

✻ 松下中心大楼（部分）

❋东京大都市酒店

❋浅草雷门观音寺正殿

❋正殿内观音像

大都市酒店(Hotel Metropolitan)

大都市酒店位于池袋火车站(Ikebukuro Train Station)附近,交通十分方便。该酒店是一家4星级豪华旅馆,又称皇冠广场(Crowne Plaza),有815个房间,9个大餐厅。旅客可在室内温泉中浸泡,在室内游泳池内游泳,或者在减肥中心锻炼。在25层楼的意大利餐厅和奥威斯特酒吧间(Ovest Bar),还可观赏东京美丽风光。

浅草雷门观音寺(Asakusa Kannon Temple)

浅草雷门观音寺位于东京市中心东北,是东京最大的寺庙。

浅草雷门观音寺,日本明治(Meiji)时期为东京五大公园之一。寺院的正门——雷门,是黑色的瓦顶,下面有8根朱红大柱。门上挂着一只4米高的醒目耀眼的"雷门"大灯笼,这是该寺的标志。正殿供奉着金观音像。在东京众多的寺庙中,以浅草雷门观音寺的香火最盛,即便是平常日子,里面都人头涌动,络绎不绝。

从雷门到宝藏门是一段石头铺的路,名为"仲见世"街(Nakamise Street),为参拜观音的必经之路,也是东京最繁华的购物街之一。街道两旁有86家漆着朱红色门面的小店铺。这些店铺中许多是百年老店,久负盛名,尤其是多家小店都卖浅草的"人形烧",它是浅草最有名的点心。

彩虹桥(Rainbow Bridge)

彩虹桥是一座横跨东京港区(Minato)芝浦码头(Shibaura Pier)和台场(Odaiba)水门之间的悬吊桥,1987年始建,1993年竣工。桥长798米,桥宽49米。有3个主

大洋洲 非洲 亚洲纵横游

✽彩虹桥

✽彩虹桥与自由女神雕像

跨 580 米，桥塔高 126 米，桥高出水面 52 米。

　　桥塔为白色，与天空景色相协调。吊索上的灯光，夜晚发出红、蓝、绿色三种不同颜色。

　　在彩虹桥附近，竖立着一座自由女神雕像（复制品），由铁和青铜制成，是法国赠送给日本的。它的大小为美国纽约自由女神的 1/4，比法国的女神雕像大一些，环视着彩虹桥和东京湾。

大阪
Osaka

　　大阪位于本州关西地区（Kansai Region）大阪湾（Osaka Bay），按人口计算，它是日本第三大城市，仅排在东京和横滨（Yokohama）之后。

关西国际机场(Kansai International Airport)

关西国际机场坐落在大阪湾(Osaka Bay)中间的人工岛上,离大阪火车站(Osaka Station)38千米。现在,关西国际机场已经变成了日本的亚洲航运中心:每星期飞往亚洲有499班次,飞往欧洲和中东(Middle East)66班次,飞往北美(North America)35班次。

❋ 大阪关西国际机场

大阪全日空酒店(ANA Gate Tower Hotel)

大阪全日空酒店坐落在关西国际机场附近,54层,4星级大酒店。下榻此酒店,在天气晴朗时,不仅可以远眺大阪和神户(Kobe)壮丽的景色,而且还能远望明石海峡大桥(Akashi Straits Bridge)。

❋ 关西国际机场附近的大阪市区一角

❋ 全日空酒店

大洋洲 非洲 亚洲纵横游

神户
Kobe

神户是日本第五大城市,为本州岛兵库县(Hyogo Prefecture)的首府,人口约150万。

神户是世界性港口城市。著名的神户牛肉(Kobe beef)以及日本最著名的温泉度假胜地——有马温泉(Arima Onsen)都在神户。

有马温泉古典街(Arima Onsen)

有马温泉古典街是神户的著名景点之一,吸引着许多想和大自然一起过着平静生活的日本人。

这个温泉区是日本最古老的温泉区之一,在公元8世纪以来的许多文献中都有记载。有马温泉区有两种温泉,一种是"金泉"(gold spring),它的水是棕黄色,含有铁和水;另一种是"银泉"(silver spring),水无色,含有镭(radium)和碳酸盐。

❋在有马温泉古典街旁的温泉中泡脚

温泉区沿途街道,两旁整齐排列着古雅建筑,店内出售传统的手工艺品和传统小食。游客可免费享受街道旁边的"足浴",脱鞋光脚,坐在长条木板板凳上,边享受温泉浸脚,边享受优雅古朴的日本小镇风情,别有一番情趣!

大阪心斋桥(Osaka Doutonbori)

大阪心斋桥是旅游观光者在大阪的首选,实际上它只是在心斋运河(Dotonbori Canal)上的一条街道。现在,这里是大阪市最大的购物中心,各式各样的地道美食,都集中于此。尤其是这里的铁板烧、烙饼、章鱼汤团、面条和寿司(sushi),以及日本其他传统食品等,都很受游客青睐,因而它又有"食街"之美誉。

子弹头火车(bullet train)

"子弹头火车",顾名思义,指的是火车头像一颗子弹头,或者说,它的运行速度就好像射出枪膛的子弹那样飞快!

日本 JR(Japanese Railway)西线新干线,是日本高速铁路交通网的线路,由4个日本铁路财团经营。现在,这个交通网已经把本州(Honshu)和九州(Kyushu)的各个主要城市连接起来,建造由北海道(Hokkaido)海底隧道与北岛的连线,并计划在新干线东北(Tohoku)段时速提高至320千米。

❋ 大阪心斋桥夜景

❋ 待发运的"子弹火车"

东海道新干线,是世界上最繁忙的高速铁路线之一。在日本东京和大阪之间,每小时有13列火车,平均每隔3分钟相向开出一对。

奈良
Nara

奈良是日本关西地区奈良县的首府,位于奈良北部,与京都府(Kyoto Prefecture)接壤,总面积276.84平方千米。

奈良市有8座寺庙(temples),多座圣祠(shrines),其中,"古代奈良的历史遗址"(Historic Monuments of Ancient Nara)被联合国教科文组织认定为世界遗产所在地(UNESCO World Heritage Site)。

公元710—784年奈良曾是日本的首都,这段时期被称为奈良时期。

奈良冬天平均温度约为3℃~5℃，夏天平均温度25℃~28℃，最高温度接近35℃。奈良夏季雨量充沛，年累计降雨量在3000－5000毫米之间。春秋时节的气候，温和舒适。春天，吉野町(Yoshino)山区樱花盛开；秋天，南部山区则是观赏秋天簇叶的好去处。

奈良公园(Nara Park)

奈良公园，又称神鹿公园(Deer Park)，位于市内若草山(Mount Wakakusa)脚下，1880年建成。公园内大约有1200多头野鹿，自由自在地在公园内漫游。公园面积502公顷，若把东大寺（Todai-ji）、兴福寺（Kofuku-ji）和春日大社（Kasuga Shrine）都包括在内，则公园总面积增大为660公顷。

这个公园还有一座奈良国家博物馆（Nara National Museum）。

✽奈良公园内神鹿在游荡

✽奈良公园正大门

东大寺(Todaiji Temple)

东大寺是一座综合大佛寺庙。大佛厅内有多座神佛雕塑像，除了一座自称为世界最大的青铜佛像外，还有宾头虞尊者(这是公元18世纪 尊江户时期用木头雕刻的大佛)、虚空藏菩萨(Kokuzo-bosatsu)、多闻天(Tamonten)、如意轮观音(Nyoirin-kannon)和广目天(Kokmontin)等神佛雕塑像。

东大寺还是日本华严宗(Kegon)的总寺院，它和奈良市其他7个寺庙、圣祠等一起，被列入联合国教科文组织(UNESCO)的世界遗产(World Heritage Site)名录中。

✽ 东大寺大门前

春日大社(Kasuga Taisha Shrine)

春日大社是奈良市的神道社(Shinto shrine)，建于公元768年，几个世纪以来进行多次重修，是藤原家族(Fujiwara family)的圣祠，其内部以青铜灯笼和石头灯笼而闻名。春日大社可通过神鹿公园前往。奈良万叶植物园(Man'yo Botanical Garden)与它相邻。

春日大社，1998年12月被联合国教科文组织(UNESCO)列入世界文化遗产。进入春日大社的沿途道路排列着石灯笼、木灯笼、铁钩灯笼，总计2800多个，是日本国宝级文物。

✽ 春日大社标志

✽ 春日大社正门

京都
Kyoto

京都是本州的中心城市,人口约 150 万,是京都—大阪—神户大都市地区的首府。

京都位于京都谷地,三面环山,山高约 1000 米,夏热冬冷。

清水寺(Kiyuomizu-dera Temple)

清水寺在京都东部,位于著名的"茶壶路"(Tea-pot lane)山坡上。清水寺约在 798 年由慈恩大师所建。1994 年,清水寺被联合国教科文组织(UNESCO)列为世界文化遗产。

清水寺主要供奉千手观音。清水寺与金阁寺、岚山等都是京都最著名的名胜古迹,每年前来朝拜的香客或游人,络绎不绝。

清水寺占地 13 万平方米,为栋梁结构式寺庙,正殿宽 19 米,进深 16 米,大殿前为悬空的"舞台",巍峨地耸立于陡峭的悬崖上,由 139 根、高 30 米的大圆木和 5

❋ 清水寺与拥挤的人群

❋ 清水寺角塔与京都部分市容(左中)

排横梁支撑着。从"舞台"遥望京都全市。清水寺建筑气势宏伟，结构巧妙，未用一根钉子。寺中六层巨木筑成的木台，为日本所罕见。

金阁寺（Golden Pavilion）

金阁寺因舍利殿"金阁"而著名，故称为"金阁寺"，其真正的名称为鹿苑寺，是日本临济宗相国寺派的禅寺。

金阁寺1955年重修。1987年秋，又对整体建筑进行了修缮。金阁寺1994年被联合国教科文组织（UNESCO）列入世界历史遗产。

金阁寺耸立在镜湖之中，呈四方形，共有三层：第一层是寝殿建筑形式的法水院，第二层是武士建筑形式的潮音洞，第三层是中国风格的禅宗佛教建筑形式的究竟顶。这三种不同形式的建筑风格巧妙地融合为一体，成为室町时期代表性的建筑。

❋ 金阁寺屋顶上的凤凰

❋ 京都金阁寺

西阵织中心（Nishijin Textile Center）

西阵织中心又称西阵织会馆，是一座现代化大楼，主要由三大部分组成：展销厅，包括"和服"（Kimono）在内的各种各样的纺织品展销；表演厅，由于"西阵织"是古时贵族人家所喜爱的纺织品，故每天从上午9时至下午5时，共有6次由妇女身穿手工编织的"和服"进行单人有序的表演；纺织品工场（西阵工房），游客可亲临现场，观赏西阵纺织品的编织过程。

❋ 展销厅

箱根
Hakone

箱根距离东京90千米，是日本著名的温泉之乡，疗养和旅游胜地。大约在40万年前，这里曾经是一处烟柱冲天、熔岩四溅的火山。在火山活动平息之后，箱根形成山川、温泉和湖泊等自然景观。境内有箱根火山（最高峰为海拔1438米）和芦之湖等名胜。现在的箱根到处翠峰环拱，溪流潺潺，景色十分秀丽。由于终年游客络绎不绝，箱根又有"国立公园"的美誉。

绿草花木环绕的芦之湖是火山遗迹，终日白烟缭绕，设有大涌谷自然科学馆，用实物、幻灯、模型等介绍箱根的景观。

箱根的温泉久负盛名，著名的有"箱根七汤"（即著名的7个温泉），是疗养的好地方。此外，"箱根八里"的雄关古道以及箱根佛群、箱根神社、早云寺、千条瀑、仙石原、湿原、九头龙神社等名胜古迹也很有名。

芦之湖东岸的箱根关所是面积为198平方米的平房，曾是江户时期设置的关卡。关所内陈列着当时行人携带的身份证、短枪、长柄大刀等文物1000多件。

芦之湖（Lake Ashi）

❋从芦之湖遥望富士山

芦之湖由于生长着大片芦苇，故又称芦苇湖，是箱根山的火山湖，大约形成于3000年前，是神奈川县内最大的湖泊。湖泊面积6.9平方千米，平约深15米，最深处43.5米，海拔723米，湖岸线长20公里，湖水清澈。晴天时，可看到终年积雪的富士山。芦之湖是一个著名的旅游观光景点，也是遥望富士山的最佳地点之一。

大涌谷（Owakudani Spa Valley）

大涌谷是火山喷发形成的火山口遗迹。大涌谷地上的泉水大部分是有毒的。

大涌谷是箱根最著名的旅游景点。在绿树环抱的箱根唯独此处山岩裸露，岩缝间喷出的地热蒸气雾气腾腾，从地壳张开的裂缝内，喷出大量的硫黄蒸气，将泉水烧得滚烫。由此可眺望富士山和箱根群山的美丽景色。

❋大涌谷服务中心

宝石森（Jewelry Forest）

宝石森，又称水晶工场（crystal factory），是日本著名的水晶和宝石的加工工厂和展销处，位于山梨县境内，离东京市区约120千米。

山梨县86%的土地是山地，森林资源丰富，是一个内陆县，富士山就位于该县境内。工业以传统的小规模工业为主，用甲州葡萄酿制的葡萄酒举世闻名。传统的丝织品甲斐绢、水晶手工艺品和被称为"和纸"的日本纸都很出名，宝石加工工艺在世界上处于领先地位。许多观光者都慕名前来一睹其独特的风采。

❋宝石森